KB195025

좁고 길고 가파르고 휘어진

세상의 모든 길 끝에 그곳이 있다.

모든 골목의 끝에, 첼시 호텔
© 2025 조우리

초판인쇄 2025년 3월 24일 | 초판발행 2025년 3월 31일
글쓴이 조우리 | 책임편집 원선화 | 편집 김지수 정현경 이복희 | 디자인 신수경
마케팅 정민호 서지화 한민아 이민경 왕지경 정유진 정경주 김수인 김혜원 김예진 나현후 이서진
브랜딩 함유지 박민재 이송이 김희숙 박다솔 조다현 김하연 이준희
저작권 박지영 형소진 오서영 | 제작 강신은 김동욱 이순호 | 제작처 상지사
펴낸곳 (주)문학동네 | 펴낸이 김소영
출판등록 1993년 10월 22일 제2003-000045호
주소 10881 경기도 파주시 회동길 210
전자우편 kids@munhak.com | 홈페이지 www.munhak.com | 카페 cafe.naver.com/mhdn
북클럽 bookclubmunhak.com | 트위터 @kidsmunhak | 인스타그램 @kidsmunhak
대표전화 (031)955-8888 팩스 (031)955-8855
ISBN 978-11-416-0964-1 03810

잘못된 책은 구입하신 서점에서 교환해 드립니다. 기타 교환 문의: (031)955-2661, 3580

모든 골목의 끝에

첼시 호텔

조우리 장편소설

문학동네

차 례

프롤로그

　밤 열 시의 종로 뒷골목은 내가 속해 있지 않은 다른 행성인 듯 어둠도 빛도 왜곡되어 있다. 새까만 콘크리트 바닥과 대조되는, 눈이 멀 정도로 환하게 빛나는 네온사인들. 그 한가운데를 교복을 입고 무거운 가방을 멘 채 뚜벅뚜벅 걷는다. 무리를 지어 걷는 사람들과 어깨를 부딪치는 일도, 팝콘처럼 튀어나온 시끄러운 노랫소리에 놀라 몸을 움찔하는 일도, 웅덩이같이 고인 토사물을 피해 돌아가는 일도 모두 익숙하다.

　습관처럼 올려다본 곳에 'CHELSEA HOTEL' 간판이 힘겹게 깜빡이고 있다. 이 빠진 노인처럼 'A'와 'O'는 전구가 나갔다. 간판만으로도 저 장소는 스러져 가고 있다는 인상을 준다. 멈춰서 골똘히 그것을 바라본다.

　종로 뒷골목에는 첼시 호텔이 있다. 물론 그 안에 유명한 사람은 하나도 없다. 한때 수많은 예술가들의 아지트였던 맨해튼의 첼시 호텔과 닮은 점이라곤 하나도 없는 것이다. 아, 오래됐다는 것? 종로 뒷골목의 첼시 호텔은 안팎으로 쇠락의 분위기를 풍기며 나날이 음침해져 가고 있다. 그 복도, 그 곰팡내, 그 먼지 들을 떠올리자 나도 모르게 아득해지며 걸음이 빨라졌다. 그래 봤자 갈 곳은 스터디카페뿐인데도 머뭇거리면 이 거대한 골목의 미로에 갇히기라도 할 것처럼.

1. 수학여행과 편의점의 밤

"반장?"

스터디카페의 로비, 누군가 나를 부른 건 밤 한 시가 지난 시각이었다. 정수기 옆에서 믹스 커피를 타다 컵을 떨어뜨릴 뻔했다.

"27번 정지유?"

반사적으로 그 애 번호와 이름이 튀어나왔다. 그 애 얼굴이 갑자기 환해졌다. 이렇게까지 반가워할 사이는 아닌 것 같은데.

"반장, 왜 여깄어? 오늘도 공부해?"

오늘은 중간고사 마지막 날이었다. 시험이 끝난 날에도 공부하는 악착같은 면을 들키기는 싫었다. 아까 교실에서 애들한테 집에 가서 넷플보다 잘 거라고까지 했는데.

"아, 여기 아빠 친구분이 하시는 데라…… 잠깐 봐주는 중."

스카 사장님이 우리 아빠와 아는 사이니 완전 거짓말은 아니다. 물론 나는 알바도 뭣도 아니고 공부를 하러 왔다.

"잘됐다. 나 좀 도와줘. 나 이거 왜 안 돼?"

정지유는 키오스크에 카드를 거꾸로 쑤셔 넣으며 울상을 지었다. 카드를 뺏어 제대로 끼워 넣고, 궁금하진 않았지만 이 시간에 어쩐 일이냐 물었다. 엄마와 싸우다 홧김에 나왔단다.

"딸이 한밤중에 집을 나가면 잡아야 되는 거 아냐? 우리 엄마 진짜 악독함."

"몇 시간 이용 예정이야?"

"아침까지니까 한 여섯 시간?"

계속 구시렁대는 지유에게 대강 고개를 끄덕이며 하루권을 끊어 줬다. 다섯 시간이 넘어가면 하루권이 싸다.

나 같으면 대충 문 앞에서 몇 분 버티다 집에 들어갈 텐데. 아니 애초에 나가란다고 정말 나오는 선택 따위는 하지 않겠지. 얘네 엄마보다 얘가 더 독해 보인다.

"근처 24시간 스터디카페 검색해서 찾아왔는데 반장 네가 있을 줄이야. 우리 진짜 엄청난 우연이다, 그치. 이런 걸 인연이라고 하지? 나 운 완전 좋다."

"너 정말 여기서 밤새우게?"

"어."

넌 운이 좋은지 모르겠지만 난 망했다. 딱 두 시까지 공부하다 들어갈 계획이었는데. 이대로 얘를 모른 척하고 가 버리면 학교에 인성 쓰레기라고 소문이 쫙 날 거다. 이 난관은 얘네 엄마가 얼른 전화해서 들어오라고 애걸복걸해 줘야 끝난다.

"나 완전 빡쳐서 폰도 꺼 버렸잖아. 엄마 약 좀 오를걸. 지금쯤 경찰에 신고한 거 아냐?"

정지유의 멱살을 잡을 뻔했다. 도대체 너는 왜 하필 여기서 나를 마주친 거냐. 중간고사 끝나는 날까지 공부한 내가 게으름의 신에게 천벌을 받은 걸까. 남들 쉴 때 쉬지 않은 벌. 마음속으론 원망과 비명이 난무했지만 은은한 미소를 띠고 일단 침착하게 지유를 자리에 앉혔다. 내가 마시려고 탄 믹스 커피도 손에 쥐여 줬다. 단걸 먹고 기분이 조금 풀리면 집에 갈지도 모른다.

하지만 정지유는 가지 않았다. 두 시가 돼도, 세 시가 돼도. 자리에 앉아 가져온 만화책에 집중하는 듯하더니, 땅이 꺼지도록 한숨을 쉬고 과장된 동작으로 머리를 쥐어뜯었다. 촤락촤락 소리가 나도록 세게 책장을 넘기기도 했다.

같은 공간 안의 사람들이 정지유를 향해 불만의 촉수를 뻗어 내는 걸 느낄 수 있었다. 조금만 더 있으면 누군가 지유의 어깨를 툭툭 치며 '저기요.'라고 말할 것이다. 나는 책임감에 사로잡혀 안절부절못하다 지유를 로비로 불러냈다.

"피곤하지?"

괜히 스트레칭을 하고 정수기 물을 마시며 지유에게 물었다.

"정말 집에 안 가? 내일 학교 가야 하잖아."

"음…… 넌 집에 가. 밤새 스카 봐야 하는 건 아닐 거잖아?"

"그건 그렇지만……."

집에 가, 라는 말과는 반대로 지유의 얼굴엔 '제발 가지 마, 나를 혼자 두지 마.'라는 간절함이 떠올랐다. 나는 로비 의자에 앉은 지유 옆에 털썩 주저앉았다. 어차피 아침까지 시간이 많이 남지도 않았다. 가출한 반 친구를 홀로 둔 채 집에 가 버리고 인성 쓰레기 되느니 몇 시간 같이 버티는 게 나을 듯했다.

"같이 있자."

"정말이야? 반장 진짜 착해. 그럼 내 이야기 좀 들어 줄래?"

정지유는 그렇게 자기 이야기를 시작하더니 밤이 깊어 갈수록 쌩쌩해졌다. 눈이 감겼지만 '엄마와 사이도 안 좋고 공부도 못하고 별다른 재능도 없어 죽도록 괴로운 고등학생'이란 엄근진 주제를 들으며 졸아 버릴 수는 없는 일이었다. 그 애에게 커피를 넘겨 버린 몇 시간 전의 나를 원망하며 공감하는 척 고개를 기계적으로 끄덕였다. 다들 텐션 떨어지는 한밤중임에도 불구하고 정지유는 잘 웃고 목소리도 컸다.

"와, 이런 얘기 아무한테나 안 하는데, 넌 정말 잘 들어 준다. 너를 만나서 너무 좋아. 오늘 밤은 모든 게 최악이었는데 이제 아니야. 근데 정말 괜찮아? 이렇게 늦었는데 집에서 걱정 안 해?"

"어, 여깄는 거 아시니까 괜찮아."

"그럼 우리 라면 먹을래? 한참 떠들었더니 배고프다."

어정쩡하게 구는 나를 지유가 잡아끌었다. 건물 일 층에 바로 편의점이 있었다.

"수학여행 온 거 같다. 너무 신나! 근데 너 이름이 라경 맞지? '라면' 할 때 라."

"라경이 아니고 락영이야."

"헐. 이름 완전 특이하다! 몰랐어. 맨날 반장이라고만 불러서."

내 이름의 락이 실은 'rock'이고 영은 'young'이라는 황당한 이야기까지 할 필요는 없겠지. 그 이야기를 하면 그 이름을 지은 부모님에 대해 궁금해할 테고 직업 얘기까지 나온다면 골치 아파진다. 그래서 그냥 가만히 있었다. 보통 내 이름을 이야기하면 어차피 대다수가 '라경'이나 '나경'으로 알아듣는다. 이름에 '락'자가 들어가는 경우는 흔치 않으니까. 무엇보다 딸 이름에 자기가 좋아하는 영어 단어 두 개를 넣은 부모가 제일 이상하다.

라면을 마시다시피 하며 지유는 쉬지 않고 이야기했다. 새벽 네 시를 향해 가는데 우리 집에서는 정말 전화 한 통 오지 않는다. 시험 기간에 스카에서 밤새우는 일이 자주 있기도 하거니와 기본적으로 우리 집에선 아무도 내 걱정은 안 한다. 스카 사장님을 통해 나의 출입을 실시간으로 확인할 수 있으니, 내가 이곳에 있는 걸 이미 알고 있을 거다. 그래도 기분 나쁘다. 내놓은 자식 같고. 너무 성실해서 내놓은 자식인 거다. 왠지 분하다.

"우리 맥주도 마실래?"

"아니, 그건 좀……."

분하지만 이렇게 희미한 일탈의 냄새만 풍겨도 백 미터 밖으로 도망치는 게 내 성향이다. 그런 것에 휘말려 학종을 더럽힐 수 없다.

"아, 우리 원칙주의자 반장은 그런 거 싫어하지. 미안. 너무 분위기가 수학여행 같아서."

지유가 자꾸 언급하는 '수학여행'이라는 단어에 대한 견해가 서로 합의되지 않아 당황스럽다. 내게 수학여행은 각종 프로그램과 아이들을 책임져야 하는 귀찮고 머리 아픈 행사다. 중학교 때부터 거의 매년 학급 임원을 해 온 이래 마음 편해 본 적이 별로 없다. 그렇다고 덜컥 빠질 수는 없고 신난 애들 사이에서 얼굴 찡그리고 있을 수도 없다. 내게 요구되는 책임과 사회성을 확인하는 가장 고난도의 시험 기간처럼 느껴진다. 요컨대 나의 공감대는 아이들보다 선생님 쪽에 좀 더 가깝게 형성되어 있다.

지금까지 내가 본 정지유는 붙임성이 좋아 아이들과 두루 친한 편이었다. 곱슬머리에 보조개가 있고 웃기지 않은 농담에도 남의 어깨를 마구 치며 웃었다. 시도 때도 없이 놀라서 별명이 '놀래미'

다. 동그랗고 커다란 눈을 깜박이지도 않고 상대의 눈을 오래 쳐다보기도 한다. 호기심이 많아 보이지만 공부는 그닥 잘하는 것 같지 않았다. 오늘 이야기 나눠 본 바로는 최상급의 표현을 많이 쓴다. '너무' '매우' '완전' '최고' '역대급' 등등. 기분이 표정으로 다 드러난다. 민들레 홀씨처럼 여기저기 기웃대지만 훅 불면 금세 날아가 버릴 것만 같은 느낌. 마음속에 동굴이 하나도 없을 것 같다. 동굴과 좁은 미로로만 이루어진 나와는 다르게.

깊은 밤, 지나가는 차들은 적고 세상은 고요하고 내 앞에는 끊임없이 조잘대는, 어제까지는 낯설었던 정지유가 있다. 이제 우리 반에서 내가 정지유에 대해 가장 많이 안다고 자신한다. 좋아하는 것, 싫어하는 것, 최근 본 드라마, 잠옷 취향, 못 먹는 음식, 요새 파는 아이돌…….

오늘 밤 공부를 날려 먹은 대신 정지유에 대해 깊이 학습했다. 그럼 됐다는 심정으로 편의점 앞 테이블에서 라면을 퍼먹었다. 지유가 내민 카페인 함량이 높은 스누피 커피우유도 받아 마셨다. 새벽이라 지나가는 사람이 하나도 없어 폰으로 음악까지 틀어 놓고 노래도 따라 불렀다. 그러고 나니 조금 신나는 기분이 되어 버렸다. 이런 게 수학여행이라면 좋을지도.

"있잖아, 사람은 살면서 몇 번의 특별한 밤을 기억할까?"

뜬금없는 지유의 물음에 내가 무심하게 대답했다.

"그걸 기록하는 사람이 있나."

"열 번도 안 될걸. 너 특별히 기억나는 밤이 있어?"

"밤에는 자는 거지."

"그러니까. 밤을 꼬박 새우는 것도 흔치 않지만 그중에서도 영원히 기억하는 특별한 밤은 더 없을 거야. 우린 그중 하루를 공유한 거고. 굉장하지?"

나를 다정하게 바라보던 지유가 갑자기 내 어깨를 끌어당겨 짧게 안았다. 그 바람에 난 스누피 우유의 빨대를 입에 물고 얼음이 되어 버렸다.

"그러니까 오늘부터 우리, 베프 하자."

스누피 우유가 땅바닥에 툭 떨어졌다. 모든 게 청춘 만화 같아서 2D로 꾸는 꿈인가 싶었다.

아침이 되어 지유와 나는 같이 학교에 등교했다. 구깃구깃한 어제의 교복을 입고 스터디카페 화장실에서 세수와 양치만 간신히 한 채. 오후쯤 되니 너무 졸려서 제정신으로 있기 어려웠다. 상모 돌리듯 고개를 360도로 돌리다 깨 보면 정지유가 나를 바라보며 웃고 있었다. 뭔가 기특한 일을 해내는 조카라도 보는 눈빛으로. 입가에 흐른 침을 닦으며 어젯밤 일이 모두 꿈이길 바랐지만, 꿈이 아니었다.

그날 이래로, 아니, 그 밤 이래로 정지유는 나를 따라다녔다. 화장실에도 쫓아왔고 급식실에서도 옆에 앉았다. 학교 갈 때도 학원 갈 때도 스카 갈 때도 틈나는 대로. '친구가 된다'는 건 보다 자연스러운 행위인 줄 알았는데 아니었다. 마치 길에서 만난 고양이가 저를 데려갈 집사를 알아보고 따라오는 것처럼 필사적임마저 느껴졌다. 내가 같은 반에 딱히 각별한 친구가 없었기 때문에 가능했던 것 같다. 조금 시간이 흐르자 아이들은 나와 지유가 함께 붙어 있는 모습을 당연하고 자연스럽게 여겼다.

인간은 본인을 좋아하는 누군가의 마음을 내치기 쉽지 않다. 지유는 늘 나를 챙겨 줬고 교실에서 일어나는 모든 일에 대해 이야기해 줬다. 선생님들이 나에게 시키는 자잘한 심부름도 대신해 주곤 했다. 그 애는 내게 입안의 혀처럼 굴었다. 친구를 깊이 사귀어 본 경험이 없는 나는 이렇게까지 상대에게 맞춰 주는 게 자연스러운 것인지 알 수 없었다. 다만 학원 마치고 스카 로비에서 만나 스누피 커피우유를 함께 마시는 루틴이 생긴 것은 나쁘지 않았다. 시간이 지날수록 나는 지유의 존재가 점점 익숙해졌고 혼자보다는 둘이 낫다는 사실을 받아들이게 됐다. 우리가 처음 가까워졌던 그날 밤을 생각하면 살짝 웃음도 났다. 그런 게 수학여행이라면 다시 한번 가 보고 싶다는 생각마저 들었다. 하지만 우린 고2였고, 생에 더 이상의 수학여행은 없었다.

2. 첼시 호텔 마인드

아빠의 가게를 들른 건 정말 오랜만이다. 늘 그 앞을 지나가지
만 딱히 볼일이 없으면 들르지 않는다. 가게 문 손잡이를 잡고 심
호흡을 했다. 삼 분, 삼 분 내로 빠져나오겠어.

문을 열자마자 지옥의 뚜껑이 열린 것처럼 엄청나게 시끄러운
음악 소리가 귀를 후벼 판다. 정면에는 첼시 호텔의 흑백 포스터
가 보인다. 낡은 간판에 'HOTEL CHEALSEA'라고 써 있는, 커
다란 건물 사진이다. 우리 중 누구도 가 보지 못한 그곳의 주소
지는 맨해튼. 그 옆으로 고인이 된 레너드 코헨, 패티 스미스, 재
니스 조플린 같은 첼시 호텔에 머물렀던 뮤지션들의 사진이 걸려
있어 무덤에 들어온 것 같은 기분이 들기도 한다.

주황색 불빛으로 어둑한 실내에 익숙해지면 LP바답게 오른쪽
벽 가득 빽빽하게 꽂힌 LP와 그 앞의 기다란 바가 눈에 들어온
다. 수많은 사람들의 손길에 맨들맨들해진 테이블과 의자들, 모

두 나무다. 공간은 갈색과 짙은 갈색, 옅은 갈색, 어쩌다 검은색. 한마디로 칙칙하기 그지없다. 오래된 나무 냄새와 먼지, 곰팡내와 술 냄새를 헤치며 끼익끼익 비명을 지르는 바닥을 걸어 기다란 바 앞에 앉는다.

이곳의 이름은 당연한 말이지만 첼시 호텔. 아빠가 제일 좋아하는 노래의 제목에서 따왔다. 노래를 부르는 것인지 잠꼬대를 웅얼거리는 것인지 알 수 없는 창법을 가진 사람의 곡이다. 아마 처음 문을 열었을 땐 지금보다 그럴듯한 가게였을 것이다. 음악하는 젊은이들이 멀리서도 찾아왔고 서로 좋아하는 음악을 들으며 밤새 수다를 떨고 공연도 하며 즐겁게 시간을 보냈을 것이다. 하지만 이십 년이라는 시간이 흐르며 젊은이들은 떠나거나 늙어 버렸고 그들은 더 이상 예전처럼 음악이 필요하지도 않았다. 첼시 호텔은 점점 잊히고 낡아 갔다. 이 거대한 도시의 눈에 띄지 않는 마지막 방공호처럼 납작 엎드린 채 발을 헛디뎌 들어오게 될 누군가를 기다린다.

내가 태어나기 전부터 아빠는 이 가게를 하고 있었다. 심지어 어릴 적 가게 안쪽의 쪽방에서 세 식구가 함께 살았다. 지금은 가게 근처의 빌라에 살고 있지만 가난한 건 여전하다. 리모델링할 돈도 없다. 아빠는 못 하는 게 아니고 안 하는 거라고 우기지만.

열 시가 넘은 시간임에도 손님은 한 명뿐이었다. 야구모자를 푹 눌러쓰고 냅킨 위에 뭔가를 열심히 그리고 있다. 이곳엔 혼자 오는 이들이 많다. 회식을 마치고, 친구와 헤어지고, 혹은 야근 후 집에 가기 아쉬워 들러 한 잔씩 마신다. 아빠는 365일 가게 문을 연다. 찾아온 손님이 닫힌 문을 보고 실망해 돌아가지 않길 바라는 마음은 알겠으나 워라밸이 심각하게 깨져 있다. 사람은 누구나 찾아갈 장소 한 군데쯤은 있어야 한다, 그게 첼시 호텔의 마인드란다. 그런데 그 장소가 왜 꼭 이 가게여야 하는 건지는 모르겠다.

"폰 좀 갖고 다니자, 진짜 제발."

바테이블에 아빠의 휴대폰을 내동댕이치다시피 하며 말했다. 바닥에 굴러떨어질 뻔한 폰을 가까스로 잡은 아빠가 나이스 캐치라며 엄지를 들어 보이고는 가게 안쪽 부엌으로 들어간다.

"됐어! 나 가야 돼!"

"계란죽 다 돼 가, 아까부터 끓였어."

한숨을 쉬며 가까운 의자에 앉았다. 헛헛하기도 했고 아빠가 끓이는 계란죽은 엄청 맛있다. 삼 분 내로 탈출하겠다는 결심은 오늘도 지켜지지 못할 것 같다.

사실 이렇게 말고는 아빠 얼굴 볼 기회가 없긴 하다. 아침에 등교 준비 할 때는 아빠가 자고 있고 학교와 학원, 스카를 마치고 들어가면 아빠는 가게에 있다. 아빠는 가끔 휴대폰을 집에 두고 가는데, 그런 날이면 엄마는 나보고 아빠한테 갖다주라고 한다. 둘이 짜고 치는 고스톱처럼 한 달에 두세 번씩 꼭.

"계란죽 먹으면 졸린데……."

"졸리면 자면 되지."

"아빠는 수험생에 대한 이해도가 한참 떨어져."

뜨거운 김이 나는 계란죽을 호호 불어 한 입 물었다. 부드러운 계란과 참기름, 파가 어우러져 고소하다. 약간의 후추 향이 느끼함을 잡아 준다. 배가 금세 따뜻해진다.

"사장님, 판테라 틀어 주세요!"

"판테라 뭐?"

"Fucking Hostile."

"오케이. 계란죽 좀 먹을래?"

"오, 완전 좋죠."

음악을 신청하러 다가온 손님에게 아빠는 계란죽을 건네고 곧이어 판테라 LP를 찾아 플레이어에 걸었다. 포효하는 듯한 괴성과 찢어지는 기타 리프가 가게 안을 메웠다. 헤비메탈의 홍수 한가운데서 이유식 같은 음식을 먹고 있자니 현실감각이 엉클어진다. 첼시 호텔은 안 어울리는 것들이 어우러져 있다.

여느 술집과 다르게 이곳에서는 음식을 가져와서 먹을 수 있다. 가끔이긴 하지만 아빠가 요리를 해서 손님들에게 나눠 주기도 한다. 메뉴판에 없는 커피나 핫초코 따위도 주문하면 만들어 준다. 술을 못 마시거나 진탕 취한 손님들을 위한 배려다. 돈이 없는 손님들은 노래를 부르거나 시를 짓거나 그림을 그려 값을 치른다. 누군가는 브레이크 댄스를 추기도 했고 마술을 보여 주기도 했다. 횟수 및 금액 제한이 있긴 하지만 그런 것들은 내 마음을 불안하게 한다. 이 가게가 정말로, 곧, 망할 것만 같기 때문이다. 그럼에도 아빠는 이 장소가 자신이 가장 사랑하는 것들로 이루어져 있다고 말한다.

그릇을 다 비우고 일어났다. 어서 내 자리로 돌아가야 한다. 아빠의 장소는 내가 오래 머물 곳은 아니다. 이곳은 너무 어둡고 시간이 고여 있다.

"나는 형광등 아래서 일할 거야."

뭐가 되고 싶냐고 누군가 물어볼 때마다 나는 이렇게 대답했다. 무슨 일이 됐든 아빠처럼 주황 불빛 말고 새하얀 형광등 밑에서 일하고 싶다고. 아홉 시에 출근하고 여섯 시에 퇴근하는 평범한 직장. 몇 번이나 망할 뻔한 아빠의 가게가 버틸 수 있었던 건 아홉 시부터 여섯 시까지 주민센터에서 공무원으로 일하는 엄마 덕분임을 알 만큼 컸다. 아빠는 평생 성실했지만 그 방향성이 잘못됐다. 이제 와서는 궤도를 수정할 수도 없을 만큼 길고 긴 시간이었다. 엄마 아빠를 지켜보며 내가 삶의 방향을 '4대보

험이 적용되는 건전한 직장'으로 정한 건 어찌 보면 당연한 일이
다. 아웃사이더 같은 삶은 싫다. 되도록 대기업, 혹은 되도록 전
문직을 향해 죽도록 노력할 것이고 아빠를 사랑하지만 아빠처럼
은 안 살 것이다.

"더 있다 가지, 왜?"

"공부해야 돼."

아빠가 싸 준 컵과일을 들고 거리로 나왔다. 바깥은 여전히 시
끄럽고 여전히 무질서하다. 비틀거리는 사람들을 헤치고 씩씩하
게 스터디카페로 향했다. 뜨거운 계란죽에 몸이 노곤해져 찬물
로 파워 세수를 했다. 내 삶을 결정지을 중요한 순간이 얼마 남
지 않았다.

3. 반장, 지금 몇 월이야?

아침부터 학교가 발칵 뒤집혔다. 누군가 지유의 자리에 벌레를 잔뜩 두고 간 것이다.

긴 지렁이 같은 벌레 수십 마리가 지유의 책상 위에서 기어다니고 있었다. 몇 마리는 의자와 바닥에도 떨어져 있었다. 흙 알갱이 같은 것들을 붙이고 있어 더 기괴했다. 소리 지르고 책상 위로 올라가고 복도로 뛰어나가는 아이들, 동영상을 촬영하고 틱톡 라이브를 켜는 아이들…… 교실은 아수라장이었다. 아무도 벌레를 치우지 못할뿐더러 가까이 다가가지도 못했다. 오래된 흑백 공포 영화와 악몽을 합쳐 놓은 듯한 비현실적인 장면이었다.

아이들이 불러 달려온 담임마저도 "어떡하지, 어떡하지."를 연발하며 우왕좌왕했다. 그러는 사이 지유가 등교했다. 자기 자리의 벌레들을 본 지유는 아랫입술을 꼭 깨문 채 창백한 얼굴로 울기 시작했다.

"에프킬라 없어? 에프킬라!"

"학교에 에프킬라가 어딨어?"

"경비실에 물어봐!"

"으아, 이리로 온다아!"

15센티는 되어 보이는 벌레들은 꿈틀거리며 활동 반경을 넓혀 나가고 있었다. 반장인 내가 뭐라도 해야 하는 상황이었지만 도저히 저 벌레들을 휴지로든 뭐로든 집을 자신이 없었다. 도망가지 않고 그 자리에 있는 것만으로도 나는 최선을 다하는 중이었다. 우리 집에 벌레가 나왔을 때 내가 지른 비명이 첼시 호텔까지 들릴 정도였다는 이야기도 들은 바 있다. 나는 지옥도 중에서도 벌레 지옥이 제일 무서운 사람이다.

그때 한 아이가 큰 플라스틱 컵을 들고 오더니 나무젓가락으로 벌레를 한 마리, 한 마리 집어넣기 시작했다. 슈퍼히어로가 현실에 존재한다면 저런 모습일까. 지켜보던 반 아이들 모두 깊이 감동했다. 그 애는 침착하게 모든 벌레를 컵에 주워 담고 얇은 책으로 입구를 덮었다. 박수가 터져 나왔다. 누군가 이 일은 학교생활기록부에 기록되어 길이 남아야 할 선행이라고 말했다. 담임은 격하게 그 애의 어깨를 두드렸다. 이 모든 과정에서 인상적이었던 건 그 애가 한결같이 침착했으며 벌레들을 가둔 후 자리로 돌아가 읽던 책을 마저 읽던 모습이었다. 이름은 알고 있었다. 김도영.

"고맙다."

도영에게 다가가 인사를 건넸다. 내가 해야 할 일을 대신 해 준 것 같았기 때문이다.

"네가? 왜?"

도영이 의아해하며 읽던 책을 덮었다. 처음으로 눈을 마주 봤다. 아주 밝은 갈색의 눈동자. 그 반투명한 구슬에 내 모습이 고스란히 비쳐 보일 것 같아 얼결에 눈을 피했다.

"아니, 그냥…… 반을 대표해서."

"아 맞다, 네가 반장이지. 예의 바른 반장이네."

도영은 작게 쿡쿡 웃었다. 그 웃음소리가 마음속에 퐁당 떨어져 동심원으로 퍼져 나갔다. 뭐지, 이건? 나 이상형이 벌레 잘 잡는 남자인가?

고요했던 나의 마음속 흔들림을 감지하고 나는 잽싸게 자리로 돌아왔다. 지금 연애 감정에 사로잡히면 망한다. 연애도 사랑도 대입 이후 하는 거다. 합격통지서 받으면 쌍꺼풀부터 하고, 보톡스 좀 맞고 PT 받고 염색하고 서울대 후드티를 입고 대학 입학식부터 제2의 인생을 사는 거다. 지난 오 년, 힘들 때마다 나를 지탱해 줬던 이 망상은 유치했지만 늘 효과적이었다. 지금은 마음이 술렁일 때가 아니다.

지유는 결국 조퇴했다. 하도 울어서 딸꾹질을 하다가 열이 올라 집으로 갔다. 당나귀처럼 힝힝거리는 지유를 교문까지 바래다줬다. 아이들 몇 명과 지유 책상을 빼고 다른 책상과 의자를 가져다 놨다. 내가 지유라면 벌레 떼가 기어다니던 책상, 의자를 쓰고 싶지 않을 것이다.

학교에서 소문은 바람보다도 빠르게 퍼진다. '벌레 테러'를 당한 지유의 신상과 범인 추측이 뒤를 이었다. 점심시간에는 다른 반 애들이 찾아와 지유 책상 구경까지 했다. "다른 반 출입 금지야." 내가 이렇게 말하니 띠꺼운 얼굴을 하고 돌아갔다.

"작년에 지유, 셋이 친하게 지내다 한 명 떨궜잖아. 걔가 그랬다는 거 같은데?"

"환승 이별해서 전 남친이 그랬다는 말도 있던데."

"헐? 우리 학교 애야?"

"아니, 다른 학교."

"근데 어떻게 들어와?"

"카드키로 찍고 들어와야 하는 것도 아니고, 완전 이른 아침이면 가능하지."

"이렇게까지 한다고?"

"얼마나 한이 맺혔으면."

점심시간 내내 아이들은 지유 이야기뿐이었다. 우리 반이 사건의 중심이 된 것에 신난 것처럼 보였다. 하도 날 따라다녀서 가끔은 지유가 귀찮았는데 이런 분위기가 되니 가엽기도 했다. 지유가 모든 애들과 두루두루 친하다고 생각했는데 사실 알고 보면 정말 친한 친구가 하나도 없다는 뜻이었다. 아이들은 나에게 짐작 가는 게 없냐고 물어보는데 고개만 갸웃하고 말았다. 지유가 없는 데서 지유 이야기를 하는 건 비겁하게 느껴졌다.

지유에게서 많은 이야기를 들어 지유에 대해 잘 안다고 생각했지만 돌이켜 보면 모두 신변잡기적인 이야기였다. 그 애가 어떤 인생을 살아왔고 누구와 어떤 일이 있었고 어떤 생각을 하며 살아가는지 나는 모른다. 안 들리는 척 밥 먹는 데만 집중했다. 지유가 조퇴한 건 정말이지 잘한 일이다.

수업을 모두 마치고 교무실로 갔다. 담임은 뭔가에 쫓기는 사람처럼 맥락 없이 일을 하는 편인데 지금도 그래 보였다. 혼비백산한 얼굴로 책상 가득 서류를 펼쳐 놓고 손톱을 물어뜯고 있었다.

"선생님, 혹시 오늘 정지유 책상에 벌레…… 누가 그런 건지 알아보셨어요?"

"어어, 안 그래도 CCTV 봐 달라 했는데 뭐 별다른 건 없다데?"

"누구한테요?"

"누구긴, 경비 아저씨지."

"······경비 아저씨가 자세히 잘 보셨대요?"

"그게 일인데 어련히 잘 보셨겠지."

"제가 요청해서 한번 봐도 될까요?"

담임은 서류에서 눈을 떼고 새삼 내 얼굴을 쳐다봤다.

"반장, 지금 몇 월이야?"

"오늘부터 6월이요."

"벌써 올해 반이 다 갔네. 그럴 시간이 있을까?"

허를 찔렸다.

"지금 그런 거 신경 쓸 때 아닌 거 알잖아. 이건 선생님이 알아서 할 테니까 넌 공부해."

입이 떨어지지 않았다. 네, 라고 하기에도 찝찝했고 더 우기기에도 명분이 부족했다. 내가 코난도 아니고 CCTV를 본다 한들 달라지는 건 없을 거다.

"반장은 책임감도 투철해. 그건 인정."

담임은 일어나 내 어깨를 두드렸다. 이제 그만 가라는 신호다.

담임도 찾아가고 CCTV를 보고 싶다는 말도 하고 반장은 책임감도 강하다는 말도 들었으니 이만하면 됐다. 내일 지유에게도 면이 설 것이다. 그런데 마음이 썩 개운하지가 않다. 애초에 반장이니까 뭐라도 하는 시늉은 해야 하지 않나, 생각한 그 부분이 문제인 건가. 어쨌든 경찰을 부르면 학교는 더 술렁일 테고 교실 분위기는 기약 없이 망가질 것이다. 지유가 그걸 원하는지도 모를 일이고. 복도를 서성이며 텅 빈 운동장을 한참 바라봤다. 몇 달만 평온히 지내면 되는데 이런 일이 생기다니. 눈물로 엉망이었던 지유 얼굴을 떠올리자 긴 한숨이 새어 나왔다.

"담임 만났어?"

계단에서 마주친 건 김도영이었다. 이상한 일이다. 누군가를 의식하는 순간 그 누군가는 이전보다 더 빈번하게 내 앞에 출현한다. 니가 왜 여기서 나와?

"누군지 잡았대?"

"아니, CCTV 봤는데 특별한 건 없었대."

"담임 만나러 가는 중이야. 그 일로 말할 게 있어서."

"뭔데?"

"별건 아니고 아까 그 벌레들, 갯지렁이야. 아빠가 낚시할 때 미끼로 쓰는 거 여러 번 봤어. 만져 본 적도 있고. 몸통에 달라붙어 있던 건 톱밥이고."

"그래서 아까 그렇게 잡을 수 있었구나."

"어. 그러니까 이 근처 낚시 용품점 있으면 최근에 누가 사 갔나 확인해 보면 어떨까 해서. 요 며칠 내에 샀을 거야. 갯지렁이들이 살아 있었으니까. 학생이 물어보는 것보다 어른이 물어보는 게 낫지 않을까. 담임이라든지."

나는 담임이 할 말을 예상해 볼 수 있었다. '김도영, 지금 몇 월이야?'

"말씀은 드려 봐. 근데…… 너도 알잖아, 담임 바쁜 거. 그렇게까지 신경 써 줄지는 모르겠다."

그래도 말은 해 보라고, 좋은 정보라고 격려해 줬다. 학원 시간이 가까워져서 대화를 얼른 끝내야 했기 때문에 김도영을 뒤로하고 학원으로 뛰어갔다. 김도영이야말로 반장도 아닌데 지유 일에 이렇게까지 신경 쓰는 모습이 신기했다. 나만큼이나 학교 생활기록부를 의식하는 건가. 뭐 눈엔 뭐만 보인다고, 그런 생각이 든 나 자신이 어이없어서 영어 지문을 들여다보는 내내 헛웃음이 나왔다.

그날 밤 스카에 도착해서 지유에게 연락해 봤는데 답이 없었다. 답이 없던 적은 한 번도 없었는데, 꽤 충격을 받았나 보다. 내가 지유라면 상대가 누군지 알 수 없는 게 가장 불안할 것 같다. 얘인가 쟤인가 의심하다가 결국 모두가 무서워질 테니까. 아무리 쌓인 감정이 많더라도 벌레라니. 게다가 멘탈 깨지기 제일 쉬울 때에. 김도영 아니었으면 그 벌레들을 다 어쩔 뻔했담. 결국 또 정지유와 김도영 생각을 하고 말았다. '오늘부터 베프'라고 말하던 지유의 얼굴이 떠올랐다. 우리가 정말 베프라고 생각해 본 적은 없지만 지금 누구보다 더 그 애에 대해 많이 생각한다. '베프의 저주'에 걸려 버린 건가. 불안한 예감이 드는 6월의 시작이었다.

일주일 후 3교시 종이 치기 직전 사물함에 교과서를 가지러 간 지유가 비명을 지르며 주저앉았다. 사물함에서 갯지렁이 두어 마리가 툭 떨어졌다. 저번처럼 많진 않지만 사물함은 예상치 못한 곳이었다. 지유는 주저앉은 상태로 엉엉 울었다. 한 아이가 종이컵을 찾아 갯지렁이 위에 엎어 놨다. 같은 일이 두 번째 생기니 약간의 내성이 생긴 모양이다. 아이들은 웅성거렸고 지유의 울음소리는 옆 반에 들릴 만큼 커졌다. 근처의 여자애들 몇 명이 지유를 달래 봤지만 소용없었다. 그때 수학 선생님이 들어왔다.

"이 반 뭐야? 무슨 일 있어?"

"벌레 나왔어요, 쌤."

"지유 또 지렁이 테러 당했어요!"

"정지유 엄청 충격받았어요!"

"사물함에서요."

"진짜 이번엔 범인 잡아야 돼요!"

아이들이 중구난방으로 대답하자 선생님의 눈이 나를 향했다.

"반장, 설명해 봐."

"……누가 지유 자리랑 사물함에 지렁이를 갖다 놨어요. 이번이 두 번째고요."

"아아…… 네가 개구나. 정지유, 괜찮아? 그만 울고."

지유는 대답하지 못했다. 누가 봐도 괜찮은 상황은 아니었다. 울음을 다 그치지 못한 지유의 끅끅거리는 소리만 조용한 교실에 울려 퍼졌다.

"많이 놀란 거 같으니까 누가 보건실에 데려다줘. 나머진 얼른 수업하자."

같은 반 친구가 크게 상처받았고 울고 있는데 어쨌거나 수업은 해야 한다. 아이들은 서로 눈치를 살폈다.

"오늘 할 거 진짜 많아. 프린트 빨리 돌려."

수학 선생님은 대수롭지 않은 듯 프린트물을 맨 앞줄에 한 뭉치씩 나눠 주며 분위기를 정리했다. 아이들은 체념한 듯 프린트를 돌리기 시작했다. 나는 지유에게 다가갔다.

"일어날 수 있어?"

지유가 힘없이 고개를 끄덕였다. 하지만 대답과는 다르게 헝겊 인형처럼 몸이 나풀거렸다. 몸을 잘 가누지 못하는 지유를 부축하는데 요령이 없어서인지 생각보다 힘이 들었다.

"선생님, 제가 도와서 같이 다녀올게요."

사물함 바로 앞자리에 앉아 있던 김도영이 손을 들고 말했다. 수학 선생님은 고개를 끄덕였다. 지유 양옆에서 김도영과 한 팔씩 부축해 질질 끌다시피 하며 데리고 나갔다.

"토할 거 같아."

지유가 작은 목소리로 말했다. 김도영이 화장실에 들어올 수 없어 나만 지유를 변기 앞으로 데려가 등을 두드려 줬다. 먹은 게 없는지 노란 위액과 거품만 나왔다. 세면대에서 세수를 한 지유는 빨갛게 토끼눈이 된 채 거울에 비친 자신의 얼굴을 들여다봤다.

"누군지 전혀 짐작 안 가?"

"……응."

"하긴 네가 누구한테 원수질 성격은 아닌데……."

"정말? 정말 그렇게 생각해?"

지유는 뭔가 확언해 주기를 바라는 표정이었다. 나도 모르게 힘주어 고개를 끄덕였다.

"미친 사람 짓 같아."

"근데 왜 하필 벌레일까?"

"미친 사람 마음을 정상인이 어떻게 알겠어."

화장실에서 나오니 복도 벽에 기대 있던 김도영이 다가오며 물었다.

"괜찮아?"

"토하니까 좀 나아졌어. 나, 바람 쐬고 싶은데 보건실 말고 운동장에 잠깐 나가면 안 될까?"

김도영이 나를 쳐다봤다. 나는 고개를 살짝 끄덕였다.

"그러자. 안 될 게 어딨어."

학교 전체가 수업 중이어서 조용한 복도를 유령처럼 살금살금 걸었다.

"땡땡이치는 기분이야."

내가 속닥이자 김도영이 대답했다.

"땡땡이 맞아."

담임한테 걸리면 뭐라고 하지? 지유가 토하고 바람 쐬고 싶다고 해서 할 수 없이 아주 잠깐 이탈한 거예요, 이렇게 말하면 이해해 줄까? 설마 생기부에 남기진 않겠지? 지금 수업 시간에 엄청 중요한 거 배우고 있는 건 아니야? 내 복잡한 기분을 눈치챘는지 지유가 손을 잡았다. 차갑고 축축한 손이었다. 어린 시절 이후 누군가와 손을 잡은 게 너무 오랜만이어서 깜짝 놀랐다. 하지만 도저히 뿌리칠 수 없는 체온이 거기 있었다. 그렇게 손을 맞잡은 채로 운동장에 나갔다. 지유는 바람을 쐬고 싶다고 했지만 바람 한 점 없는 초여름의 날씨였다.

스탠드에서 텅 빈 운동장을 한참 바라봤다. 한 번도 땡땡이쳐 본 경험이 없는 나는 불안하면서도 조금 설렜다. 시간 밖의 시간을 지나는 기분이었다. 평일 오전의 운동장은 한 사람도 살지 않는 마을처럼 고요했다. 학교 안 가득 아이들이 있다는 걸 상상하기 힘들 만큼. 김도영은 스트레칭을 했고 지유와 나는 손을 맞잡은 채 마치 한 쌍의 연인 조각상처럼 우두커니 서 있었다. 늘 쉴 새 없이 종알거리던 지유의 침묵이 낯설었다.

"아, 맞다. 담임이랑 이야기 잘됐어? 갯지렁이 얘기하니까 뭐래?"

김도영에게 묻자 지유가 마취 상태에서 깨어난 것처럼 고개를 돌려 물었다.

"갯지렁이?"

"어, 김도영이 그러는데 그 벌레들, 낚시 미끼로 쓰는 갯지렁이래. 그래서 근처 낚시 용품점에 최근에 산 사람 있는지 알아보자고 담임한테 말한댔거든."

담임이 그러자고 할 리가 만무했다. 그래서 잊고 있었다. 그날 조퇴했던 지유가 다음 날 학교에 와서는 아무 일도 없었던 것처럼 쾌활해 보여 또 같은 일이 생길 거라곤 예상하지 못했다. 한 번의 해프닝일 거라고 쉽게 단정 지었다.

"담임이 나한테 탐정놀이 하냐고 그랬어."

"헐, 정말?"

"김도영, 너 코난이야?"

김도영이 담임의 표정과 말투를 따라 했다. 너무 똑같아서 속

36

수무책으로 웃음이 터졌다.

"고교 탐정이야?"

"푸학."

조용히 있던 지유도 바람 빠진 고무풍선 같은 소리를 내며 허리를 꺾었다. 지유와 나란히 진동 안마기처럼 부들부들 떨어 가며 숨죽여 웃었다. 소리 내 웃었다간 수업 땡땡이친 걸 걸릴 것 같아서였다.

"야, 너 연기해라. 대박적."

내 말에 김도영이 대답했다.

"어, 나 연기할 건데."

"엥?"

"나 연영과 지망이야."

"에엥?"

"왜 그런 표정이야? 연기하라며?"

"그치만 연영과는……."

'초 잘생기고 초 예쁜 사람들이 가는 곳 아니었어?'라는 말을 간신히 삼켰다.

"연영과는 얼굴 보고 뽑는 거 아니야?"

말을 삼킨 보람도 없이 지유가 해맑게 물었다.

"물론 너 정도면 나쁜 얼굴은 아니지만……."

수습을 시도했다. '열정적인 중재자형'이 바로 나다.

"둘 다 연영과에 대한 잘못된 정보를 가지고 있어. 물론 예쁘고 잘생긴 사람도 뽑겠지. 그렇지만 모두가 주연이 되려고 하면 연극이고 영화고 만들 수가 없잖아. 다양한 조연도 필요하니까 다양한 얼굴이 필요한 거야. 주연이라고 꼭 얼굴만 보고 뽑는 것도 아니고."

"아아, 다양한 얼굴……."

나와 지유는 다양한 얼굴에 해당하는 김도영의 얼굴을 새삼 찬찬히 훑어봤다. 얼평 같은 걸 하면 안 되지만 사실 김도영은 못생긴 편이 아니었다. 안경을 썼고 튀는 스타일이 아닐 뿐 이목구비도 단정하고 머릿결도 좋고 눈빛도 총명해 보인다. 만인의 남친 느낌이랄까……. 잠깐, 남친이라니! 6월에 이른 더위를 먹었구만.

"맨날 책 보고 있길래 국문과나 문창과 갈 줄 알았는데."

지유가 중얼거렸다. 하긴 김도영은 항상 뭔가 읽고 있기는 했다.

"희곡 읽는 거 좋아해. 소설도 가끔 읽고. 연기하다가 나중에는 연출도 해 보고 싶어."

"대단하네. 하고 싶은 게 딱 정해진 애들 보면 정말 신기해."

"락영아, 너는 가고 싶은 과 안 정해졌어?"

지유가 물었다.

"과는 상관없어. 내가 원하는 학교만 들어가면 돼."

"어딘데?"

"어디긴 어디겠어. 우리 반 일 등인데. 서울대 아냐?"

지유의 말에 삼 초 후 수줍은 척 고개를 살짝 끄덕였다. 이 순간 너무 거만해 보이는 인상을 주면 안 된다.

"서울대면 아무 과나 다 돼? 국문과든 경영학과든 교육학과든?"

다시 삼 초쯤 기다렸다 고개를 끄덕였다.

"볼펜조립학과든, 세계정복학과든, 벌레심리학과든?"

"야, 그런 과가 어딨어!"

지유가 김도영의 등을 후려쳤다. 등은 김도영이 맞았는데 내 마음이 욱신했다. 이 감각은 대체 뭐지?

"어, 서울대 후드티만 입으면 돼."

얼결에 진심을 말했다. 이렇게까지 진실되면 안 멋진데.

"하긴 서울대 갈 성적 되면 나라도 아무 과나 가겠다."

평소의 모습으로 돌아온 지유가 스탠드에 털썩 주저앉으며 말을 이었다.

"별 생각도 경험도 없는 평범한 고등학생한테, 몇 년간 깊이 공부하고 싶은 분야를 정하라는 건 너무 가혹해. 내가 뭘 안다고. 되고 싶은 것도 없는데."

"어차피 대학 전공이랑 직업이랑 연관 없는 사람들이 더 많다잖아. 인생 긴데 관심 분야도 몇 번이나 바뀔 거고. 전공은 뭔가 하나를 경험해 보는 거, 그 정도로 생각하면 되지 않을까?"

나의 말에 둘은 그치그치 하며 동의했다. 잠깐 바람 쐬기로 했는데 어느덧 수업 시간이 끝나 간다. 하지만 수업 시간에 하지 못하는, 중요한 대화를 하고 있는 것 같다.

"벌레 범인, 우리가 잡자."

갑자기 김도영이 큰 소리로 말했다.

"나 추리물 진짜 좋아하거든."

지유는 박수를 짝짝 쳤고 나는 뭐라 대답해야 할지 몰라 눈만 깜빡였다. 수험생이 그럴 시간이 어디 있냐고 말하면, 담임과 내 싱크로율이 너무 높다.

"그럼 일단 범인의 별명부터 정하자. 추리물 보면 다 있더라고. '레드존'이라든지 '거미'라든지."

"벌레맨 어때?"

지유의 제안에 김도영이 이마를 찡그렸다.

"야, 눈으로 욕하지 마."

지유가 다시 김도영의 등을 퍽퍽 때렸다. 김도영이 다시 의견을 냈다.

"낚시를 좋아하는 거 같으니까 피셔맨 어때?"

"뭐야, 왜 영어야? 사대주의자야? 그냥 낚시꾼 해."

"낚시꾼은 좀 입에 안 붙는다."

"그럼 어부?"

"어부가 낚시하냐?"

"물고기 잡는 건 비슷하잖아."

둘은 티격태격하더니 '어부'로 합의를 보고 만족한 듯 하이파이브를 했다.

"반장, 비상 연락망에 내 번호 있지? 단톡 파서 초대해 줘."

동시에 수업 시간을 마치는 종이 크게 울렸다. 나와 지유의 어깨를 툭툭 치고 김도영은 스탠드를 떠났다. 순식간에 고교 탐정단의 일원이 되어 버렸다.

"우리도 들어가자."

"락영아, 우리 동호회 같지 않아? 넘 재밌겠다."

"이게 재밌어? 너한테 벌레 뿌린 범인 잡겠다고 하는 거잖아."

"원인이 뭐건 과정이 즐거우면 됐지."

스탠드에서 일어선 지유가 자연스럽게 다시 손을 잡았다. 아까보다 따뜻하고 보송한 손이었다. 언제 울었냐는 듯 지유는 싱글벙글 웃고 있다. 고교 탐정 동호회라고? 괴상한 모임이로다. 하지만 지유의 웃음에 마음이 말랑해져서 당장은 거절이 어렵겠다고 결론지었다. 그래 봤자 뭘 얼마나 하겠나 싶기도 했다. 그것이 크나큰 오산이었음을 깨닫는 데는 긴 시간이 걸리지 않았다.

4. 손님이라고 하기 애매하다

 첼시 호텔엔 이상한 손님들이 잔뜩 있다. 좀 더 솔직히 말하자면 첼시 호텔엔 이상한 손님들만 온다. 하긴 같은 돈을 주고 이 낡아 빠진, 퀴퀴한, 변변한 안주도 없는, 시끄러운 장소에 맥주를 마시러 오는 사람들이니 정상일 리 없다. 손님들은 우연히 이곳을 발견하거나 친구의 손에 이끌려 와서는 아주 맘에 들어 하거나 아주 맘에 안 들어 하거나 둘로 갈린다. 전자에 속하는 손님들은 그 뒤로 꾸준히 드나든다. 하루가 멀다 하고 출근 도장을 찍는 사람들도 있다. 그러다 어느 날부터는 나타나지 않는다. 멀리 이사를 갔거나 더 마음에 드는 다른 장소를 찾았거나 그런 이유들이 있겠지. 원래 술집은 그런 곳이다. 사람들이 스쳐 지나가는 장소.
 그중 내가 아주 어릴 적부터 출석 도장 찍는 손님들이 있다. 손님이란 단어를 붙이기도 애매한 게 단골을 넘어 가게의 지박령 같은 수준이다. 어쩌면 가게를 처음 오픈했을 때 가구처럼 딸려 와 그 자리에 놓이게 된 것인지도 모르겠다. 바테이블의 의자는 일곱 개인데 그중 다섯 개는 왼쪽부터 1, 2, 3, 4, 5 순서대로 자기 자리가 있고 그들은 절대 다른 자리에 앉지 않는다. 다른 손님이 멋모르고 앉아 있다가도 자리의 주인이 오면 자리를 비켜주는 게 첼시 호텔의 룰이다. 그들 모두 이곳에 출현한 지 이십 년이 다 되어 간다.

　최근 이상한 취미 생활을 시작한 엄마 덕분에 저녁 식사비가 완전 삭감되었다. 엄마는 얼마나 악착같이 돈을 아끼고 있는지 실시간으로 인증하고 서로 감시하는 모임의 열성 회원이 되었다. 원래도 인색하기가 자린고비 뺨칠 정도였는데 그런 이들이 모여 자웅을 가리는 구두쇠 모임에 들어갔으니. '현금만 쓰기' '하루만 원만 쓰기 30일 프로젝트' '안 쓰는 물건 팔아 쌀 사기' '알뜰폰 요금제 4900원으로 살아남기' '오래된 옷 셀프 리폼하기' 등 등 악화일로를 걷고 있다. 물론 엄마의 검소함, 존중한다. 그래도 저녁 식사비를 완전 삭감하는 것이 양육자로서 과연 옳은 행동인가. 게다가 난 수험생인데?

　"아빠 가게에 가서 먹으라고. 딱 스카 가는 길에 있잖아."

　"엄만 미성년자인 내가 술집에 드나드는 게 마음에 걸리지도 않아?"

"웃기네. 전엔 거기가 니 집이었어, 얘."

"나 저녁 안 먹어!"

"그럼 뭐 다이어트 되고 좋겠네. 간헐적 단식이 몸에 그렇게 좋댄다."

엄마가 눈 하나 깜짝도 안 해서 짜증 났다. 이놈의 집구석은 수험생 딸에 대한 배려가 없다.

"우리도 아파트 한번 살아 보자. 엄마 열심히 돈 모으는 게 다 가족을 위해서인 거 알잖아."

"엄만 티끌 모아 티끌이라는 말도 몰라?"

"티끌이라도 좋으니 일단 모아나 보자고. 오죽하면 '영끌'이란 말도 있잖아. 해 봤는데 안 되는 거랑, 해 보지도 않고 포기해 버리는 거랑은 다르잖아."

영혼까지 나왔으니 내가 졌다. 그놈의 아파트 내가 사 줄게, 하는 소리가 목 끝까지 차올랐으나 뱉진 못했다. 얼마나 어려운 일인지 어른이 아니어도 알 수 있으니까. 교통비 아낀다고 출근길 한 시간씩 걸어 다니고, 유행 지났다고 내가 팽개쳐 둔 옷을 가져다 입고, 좁디좁은 베란다에서 상추며 깻잎, 고추 키우며 채소값 아꼈다고 좋아하는 엄마를 알기 때문에 더 싸울 수 없었다.

처음 며칠은 분하기도 하고 자존심도 상해 진짜로 저녁을 굶었다. 하지만 열 시가 지나면 배가 고파 머릿속이 음식 생각으로 가득 차 버렸다. 떡볶이, 햄버거, 치킨, 피자, 족발, 비빔밥, 라면, 비빔국수, 계란밥, 김치찌개…… 어느새 나는 노트 한가득 음식 그림을 그리고 있었다. 있는 돈을 털어 삼각김밥이나 컵라면을 먹어 봤지만 곧 돈도 떨어졌다. 그 컴컴하고 곰팡이 소굴 같은 곳에 드나들긴 싫었지만 사람이 살자면 먹긴 해야 했다.

그래서 여기 이렇게 와 있는 거다. 주 5일 저녁인지 야식인지를 먹으러.

내가 첼시 호텔에 가는 시간은 학원 끝나는 시간에 따라 아홉 시에서 열 시 사이이다. 에너지바 하나로 학원 수업을 버티고 나면 예민과 짜증이 섞인 상태가 된다. 아빠는 내가 가면 5첩 반상은 못 되어도 냄새가 심하지 않은 것들로 먹을거리들을 만들어 준다. 볶음밥, 토스트, 김밥, 치킨너깃, 국수, 닭가슴살 샐러드, 유부초밥 뭐 그런 것들. 손이 커서 가게 손님들에게도 나눠 준다. 가끔은 손님들도 음식이나 식재료들을 가게로 가져와 나눠 먹거나 만들어 먹기도 한다. 이러다 심야식당이 될 판이다. 이게 과연 엄마의 긴축정책에 부합하는 길인가 모르겠다.

아빠가 만들어 준 음식을 먹는 손님들의 표정은 행복해 보인다. 건즈 앤 로지스나 슬레이어 같은 음악을 들으며 평화롭게 잔치국수를 호로록거리는 모습들을 보면 대충 살자 싶은 마음이 든다.

아빠는 예전에, 가게에서 나오는 음악은 가게의 영혼이라고 말해 준 적 있다. 그 말대로라면 이곳의 영혼은 상당히 타락하거나 오염된 것 같다. 그런데 상당히 놀랍게도 일부 손님들은 그것에 위안받고 있는 듯하다. 시끄러운 음악을 들으며 눈을 감고 추억에 잠기거나 눈물을 글썽이기도 한다. 그런 모습을 바라보자면 누군가의 내면 깊이 들어가는 방법으로 음악만큼 손쉬운 건 없지 않은가 싶다.

"나 하루 종일 이 음악이 듣고 싶었어. 고마워요."

매일 출석하는 3번 자리의 세라 언니가 말했다. 엄마보다 나이가 많아 보이는데 꼭 '언니'라고 부르길 강요한다. '세라 이모'라고 부르면 아무리 불러도 못 들은 척한다. 비틀스의 〈The Long and Winding Road〉가 나오고 있다. 세라 언니는 젓가락을 쥐고 노래를 따라 부른다. 음악 소리로 가득 찬 어항 속에서 뻐끔거리는 금붕어 같다. 갈기처럼 새빨간 머리 때문에 더 그래 보인다.

"락영이는 음악 뭐 들어, 요새?"

1번 자리의 '큰형님'이 물었다. 이름은 모르고 아빠가 늘 큰형님이라고 부른다. 우락부락해서 사기꾼이 피해 갈 인상인데 사기를 당하는 쪽이라고 들었다. 눈물도 많다. 눈물의 포인트를 알 수 없는 노래를 들으며 운다. 직업은 연극배우여서 어릴 적 아빠와 공연을 보러 간 적도 있다. 도중에 잠들어 버려 잘 기억은 안 나지만 동굴 같은 작은 극장 안에 아저씨의 목소리가 가득 울리던 것만은 기억난다.

"저 영어 듣기 평가 듣는데요."

"어? 어허허헝, 영어 듣기 평가 듣는대. 으하하."

"울 딸내미가 벌써 내년에 고3이에요. 공부하느라 한창 바쁘긴 해요."

"어머, 그럼 곧 같이 술 마실 수 있겠네?"

세라 언니가 끼어들었다. 내가 머리에 총 맞았나, 여기서 술을 마시게. 마셔도 내 친구들이랑 엄청 멋지고 엄청 힙한 데서 마실 거거든요. 애매한 미소를 지으며 국수 면발만 꼭꼭 씹었다. 입술이 삐뚤어져 충분히 냉소처럼 보였으리라.

"와, 락영이 돌잔치 간 게 엊그제 같은데……."

나왔다, 내 돌잔치 타령. 비슷한 타령으로 유초중고 입학 및 졸업식 시리즈가 있고 첫 유치 빠진 날, 길 잃어버린 날, 팔 부러진 체육대회, 김밥 먹고 체한 체험 학습일 등등이 있다. 솔직히 여기오기 싫은 건 가게의 상태보다 이런 이야기들에 있다. 단골손님들은 내 지난 역사의 산증인들이다. 내가 자라는 모습을 보아 왔고 이야기 들어 왔기 때문에 마치 일가친척들처럼 나에 대해 잘 안다. 사춘기를 지나 나이 들어 갈수록 그들이 데면데면한데 그들은 나를 공동의 딸처럼 대한다.

"락영이 어렸을 때 노래 제목도 잘 외우고 LP 위치도 다 기억해서 가게에서 이쁨 엄청 받았잖아. 기억나지? 그래서 음악 쪽으로 갈 줄 알았는데. 노래도 잘하잖아. 엄마 닮아서."

"이 가게 물려받으면 되지. 그럼 '첼시 호텔 #2'가 되는 건가?"

연극배우 아저씨와 세라 언니의 말처럼 내가 그랬던 건 맞다. 그렇지만 딱히 음악이어서 잘 기억한 게 아니고 나는 뭐든 잘 기억한다. 물건의 위치도 사진 찍듯 통째로 기억한다. LP의 위치는 알파벳순으로 정리되어 있어서 어려운 것도 아니다. 게다가 다른 애들이 뽀로로나 피카츄 주제가를 들을 때 나는 70년대 프로그레시브 록 같은 걸 들으며 자랐다. 그렇지만 여기서 내 재능을 낭비하거나 미래를 설계하고 싶지는 않다.

아빠는 허허 웃고만 있다. 이 가게가 다달이 얼마나 소박한 수익을 가져오는지 알면 아무도 저런 말 못 할 거다. 남은 국물을 마시며 생각했다.

엄마가 가게 근처에 얼씬도 안 하는 이유, 나는 이해한다. 이곳엔 현실에 발을 붙이지 않고 몇 센티쯤 붕 뜬 상태로 살아가는 인간들만 있다. 무명 연극배우, 편의점 알바생, 데뷔하지 못한 작가, 백수, 인디 뮤지션, 라면 봉지 수집가, 병 쌓기 달인…… 살아 있는 유령들. 어둠 속에서 몸을 숨기는 게 마음 편한 존재들. 미국의 진짜 첼시 호텔에는 한때 전도양양한 예술가들이 모였는지 모르지만 한국의 첼시 호텔에는 아니다.

　여기서 오래 시간을 보내다가는 나까지도 물들어 버릴지 모른다. 그들보다는 아파트를 향해 가열차게 나아가는 엄마의 삶이 훨씬 흥미롭고 목표 지향적이다. 가게 문을 나서며 되도록 빨리 식사만 하고 손님들과 길게 말을 섞지 않기로 결심했다. 가게 문을 나서자 〈Like A Rolling Stone〉을 떼창하던 그들의 목소리가 멀어졌다.

　To be on your own, with no direction home. Like a complete unknown, like a rolling stone.

5. 고교 탐정은 아무나 하나

'어부'를 잡을 결심은 했지만 수사(?)는 쉽지 않았다.

김도영 말대로 근처 낚시 전문점을 찾아보았으나 가장 가까운 곳의 거리가 10킬로미터가 넘었다. 인터넷에 전화번호가 뜨지 않아 김도영이 버스까지 타고 가서 물어봤다. 사장님 말에 의하면 최근 학생이 와서 갯지렁이를 산 적은 없으며 요즘은 직접 와서 사는 것보다 인터넷으로 판매되는 게 훨씬 많다고 한다. 벌레를 인터넷으로 사고파는 줄은 처음 알았다. 톱밥과 버무려 단단히 밀봉해 아이스팩에 넣어 보내면 며칠이고 안 죽고 신선하게 배달 가능하단다.

나는 지유와 학교 경비실에 찾아갔다. 전후 사정을 이야기하고 벌레가 나온 날의 CCTV를 돌려 보았다. 하지만 CCTV가 설치된 건 중앙현관과 1층 복도, 교무실, 운동장 일부, 정문과 후문, 도서관 및 시청각실 등의 특수 교실뿐이었다. 우리 반 교실이나 교실 앞 복도를 지나간 사람을 특정할 수 없었다.

"그럼 정문이랑 후문을 지나간 사람 중에 처음 벌레를 발견한 날이랑 두 번째 발견한 날 화면에 나타난 사람을 찾으면 어때?"

"거의 전교생 아냐? 다들 등교는 하니까."

"내 말은, 벌레를 최초 발견한 시간 이전에 등교한 사람 말하는 거야. 그 시간 전에 벌레를 갖다 놨을 테니까."

"앗, 그러네. 근데 그 시간을 알아?"

"맨 처음 발견한 애한테 물어봐야지, 몇 시에 등교했는지."

"누가 맨 처음 발견했는데?"

"애들한테 물어보면 알겠지. 사물함에서 발견한 날도 마찬가지."

"난 일곱 시 오십 분쯤 등교하는데."

"지유야, 여기서 너의 등교 시간은 중요하지 않아."

수사도 손발이 맞아야 진행될 텐데 지유는 내 말을 찰떡같이 알아듣지 못했다.

"암튼 두 날 다 우리 교실에 처음으로 등교한 애를 찾아야 해. 그 애 등교한 시간을 알아낸 다음엔 정문, 후문 통틀어 그 시간 이전에 온 애들이 누군지 찾아보자. 많지는 않을 거야."

"학생, 후문은 아침엔 폐쇄야. 코로나 때 열 체크한다고 정문만 열었는데 그대로 굳어져서 아침엔 정문으로만 등교 가능해."

흥미진진하게 우리의 대화를 듣던 경비 아저씨가 말했다. 지루한 공간에 우리가 나타나서 매우 기뻐하는 눈치였다. 지유의 사정을 이야기했을 땐 별 미친 인간이 다 있다고 함께 분노해 주셨다. 그나저나 늘 정문으로만 다녀 후문이 어떤지는 관심이 없어 몰랐다.

"다행이다. 정문만이면 더 살펴보기 쉽겠어. 아저씨 부탁드려요. 내일 다시 올 테니까 6월 1일이랑, 저번주 목요일 아침 정문 CCTV 좀 보여 주세요."

"저번주 목요일은 나흘밖에 안 지나서 있는데, 6월 1일 건 없다. 메모리 용량 때문에 일주일 되면 자동으로 지워지거든."

"그럼 혹시 이거 지워지기 전에 저희가 카피 가능해요?"

호의적으로 영상을 보여 주던 아저씨는 내가 카피를 요구하자 방어적인 태도를 취했다.

"보여 주는 거야 상관없는데 카피하는 건 안 되지. 유출인데. 니네 담임 선생님한테 허락받았어?"

"얘가 그 피해자라니까요. 당사자가 범인을 찾겠다는데 안 되는 게 어딨어요?"

"그래도 그건 좀……. 필요하면 담임 선생님한테 허락을 받아 와."

"저희 담임 쌤이 6월 1일 영상 좀 봐 달라고 부탁도 했다면서요."

"그게 무슨 소리야? 그런 일 없었어. 교실에 갯지렁이라니. 난 오늘 너희한테 처음 들었다. 암튼 안 되는 건 안 돼."

아저씨는 요지부동이었다. 허락을 받아 올 테니 지난 목요일 영상이라도 지워지지 않게 백업을 단단히 요청드리고 경비실을 나왔다.

아침 시간이 거의 다 지났다. 지유를 봐서 찾아보는 시늉 정도 하려 했을 뿐인데 의외로 시간과 노력을 쏟고 있었다.

"근데 담임 말이야, 경비실에 연락해 보지도 않았네. 완전 배신감."

내 말에 지유가 씁쓸히 웃었다.

"이런 거 신경 쓸 시간이 어딨어. 선생님들도 무지 바쁘다더라."

"담에 또 벌레 나오면 그냥 경찰에 신고해 버리자. 이래 가지고 우린 못 잡아. 경찰이 출동하면 어부도 겁먹어서 다신 안 할 거야."

"담임이 나 죽이려 들걸? 학교랑 경찰이랑 연관되면 골치 아파지잖아. 안 그래도 전에 전교가 다 시끄러웠는데. 더 이목 끌기 싫어."

지유가 이해가 되면서도 답답했다. 그럼 계속 당하고만 있을 셈인가.

"너랑 김도영이 이렇게 나서서 찾아 주는 것만으로도 충분해.

고마워."

"나 매번 이렇게는 못 해. 너도 알잖아."

"알지. 너도 공부해야지. 너무 신경 쓰지 마. 나 이제 아침 일찍 올 거야. 어부가 내 자리에 뭔 짓 못 하게."

"몇 시에 오게?"

"여섯 시."

하긴 학교에 여섯 시부터 나와 있으면 벌레를 두고 갈 수 없을 거다. 여섯 시보다 더 일찍 나와야 할 텐데 그러면 분명 CCTV에 찍혀 특정될 거다. 그 시간에 등교하는 애는 전교에 어부 하나뿐일 테니. 정지유 똑똑한데? 나는 운동장 한가운데 멈춰 서서 박수를 짝짝 쳐 줬다.

교실에 돌아와 이 이야기를 김도영에게 전하자 김도영은 좋은 작전이라며 자신도 여섯 시에 오겠다고 했다.

"정지유 혼자만 그 시간부터 있는 건 위험할 수도 있으니까."

"그럼 나도 올게. 여섯 시에."

순간 나도 여섯 시 등교를 선언해 버렸다. 내가 왜 그랬는지는 잘 모르겠다. 밤에 조금 일찍 자고 아침에 공부하면 되니까 크게 손해 보는 일은 아니다. 오히려 아침이라 집중이 더 잘될 수도 있다. 지유는 감격하여 내 손을 쥐고 방방 뛰었다.

"나 너네들 완전 좋고 완전 사랑해. 완전 너무 고맙고 착해."

최상급의 표현을 남발하며 지유는 고마워했다.

"그럼 지난주 목요일이랑 6월 1일에 누가 우리 반에서 제일 먼저 등교했는지 알아내면 된다는 거지?"

김도영이 물었다.

"맞아. 걔한테 등교한 시간을 확인해 보고 그 전에 학교에 온 애들을 CCTV에서 찾아보자."

"그럴듯한데?"

"용의자를 좁혀 나가는 거지."

"우와, 너네 정말 고교 탐정단 같아."

정지유가 셜록 홈스와 왓슨 박사라도 보는 것처럼 존경의 눈으로 나와 김도영을 번갈아 보았다.

"그리고 너는 감탄이 헤픈 의뢰자고."

내 말에 김도영이 큭큭 웃었다. 내가 보기엔 우리 모두 어설프기 그지없는 추리소설 동호회 회원들 같았지만 사기 진작을 위해 그 말은 입 밖에 내지 않았다.

6. 인생에서 중요한 건 균형감이지

스카에서 나와 집에 들어가려는데 아빠에게서 문자가 와 있었다. 아침에 일찍 일어나려고 열두 시 전에 스카에서 나온 걸 귀신같이 알아차렸다.

'오면 닭꼬치 있음. 병 쌓기 공연도 함. 자정부터.'

오늘은 학원 마치고 라면을 하나 사 먹은 게 다라서 '닭꼬치'라는 단어에서 눈이 떨어지지 않았다. 정신 차려 보니 가게 문을 열고 있었다.

데리야키 맛 두 개, 매운 맛 두 개. 바의 맨 끝 의자에 앉아 닭꼬치 네 개를 흡입했다. 배가 빵빵해졌지만 관리는 대학 가서 하는 거라고 배웠다. 정수기에서 물을 받아 꿀꺽꿀꺽 마시고 있는데 예의 병 쌓기 공연이 시작됐다. 십 년 넘게 본 공연이었다. 아저씨는 술값 대신 몇 달에 한 번씩 공연을 보여 줬다. 맥주병이 메인이지만 아무 병, 아무 컵, 아무거나 잡히는 대로 쌓는다. 맥주병 주둥이에 계란을 올리고 그 위에 유리컵을 기울여 세우고 그 위에 다시 시디 케이스를 세우고 하는 식이다.

병 쌓기 아저씨는 어릴 적부터 손에 잡히는 건 다 쌓고 세워야 직성이 풀렸다고 한다. 나는 '병 아저씨'라고 불렀고 아저씨는 어감이 매우 별로라며 본인을 '밸런싱 아티스트'라 불러 달라고 했다. 나는 한때 그 공연을 매우 좋아했다. 기가 막히게 균형점을 찾아 아슬아슬하게 물건을 쌓아 올리는 모습을 보고 있자면 숨 쉴 타이밍을 놓칠 정도였다. 아저씨는 되도록 반짝이는 물건과 쌓기 어려운 물건을 이용해 탑을 쌓았는데 완성 후 아래쪽에서 휴대폰 플래시를 비추면 그 자체로 하나의 현대미술 작품 같았다. 아저씨는 술에 취하면, 더 높이, 더 아슬아슬하게 쌓았고 그럴 때면 술 마시던 모두가 둘러앉아 숨죽인 채 그의 묘기를 감상했다.

지금도 병 아저씨의 실력은 죽지 않았다. 다만 내가 흥미를 잃었을 뿐이다. 보면 볼수록 '저런 걸 연습할 시간에……'란 생각이 들었다. 그 시간에 돈을 벌거나 여행을 하거나 책을 읽으며 교양을 쌓거나 하지, 어쩌다 저리도 무익한 취미에 빠지게 된 걸까. 반짝이는 물컵과 맥주병, 화병, 계란 등으로 이루어진 저 탑은 어떤 소원도 이뤄 주지 못할 것 같은데. 마지막 유리 스틱을 안테나처럼 꼭대기에 세우자 박수와 환호가 터져 나왔다. 예의상 나도

영혼 없는 박수를 쳤다.

탑을 해체하고 땀투성이가 된 병 아저씨가 새 맥주를 꺼내려 냉장고 문을 열다 옆에 앉은 나와 눈이 마주쳤다.

"알지? 인마, 인생은 균형이야!"

병 아저씨가 입버릇처럼 하는 말이다.

"넵, 치얼쓰~"

대충 대답하고 일어서는데 '균형'이란 단어가 볼드체로 다가온다. 내가 보기에 병 아저씨는 물리적 균형감을 획득하기 위해 생활의 균형감을 포기했다. 밸런싱 아티스트인가 뭔가를 직업으로 발전시켜 보겠다고 일도 때려치웠다. 〈순간포착 세상에 이런 일이〉와 〈생활의 달인〉에 출연한 이후 여기저기서 연락이 오며 본업이었던 식당을 닫아 버린 것이다. 기네스 '병 쌓기' 부문 기록을 경신하기 위해 밤낮을 병 쌓기에 매진하고 '밸런싱 아티스트'라는 직업을 알리기 위해 초대하는 모든 자리에 참석했다. 지역축제, 씨름대회, 땡땡 선발전 등등. 어떤 곳은 아주 적은 돈을 주거나 술과 음식만 줄 때도 있다고 한다. 볼 때마다 병 아저씨는 야위어 가고 있다. 그런 삶의 방식을 응원하는 게 맞는지 모르겠다. 어디에 도달하고 싶은 건지 본인은 알고 있는 걸까. 방향성이 잘못된 성실함. 엄마가 아빠에 대해 말할 때 쓰는 표현이 병 아저씨한테도 어울린다. 끼리끼리, 초록은 동색.

엄마도 한때 아빠와 비슷한 사람이었다. 둘은 밴드를 하다 만났고 밴드 연애의 클리셰답게 엄마는 보컬, 아빠는 기타였다. 엄마는 노래를 잘한다. 그냥 잘하는 게 아니고 듣는 사람의 마음을 뒤흔드는 울림이 있다. 어릴 적 엄마가 노래 부르는 모습을 좋아했다. 밴드가 만든 자작곡들도 있었지만 내가 듣기엔 형편없었고 차라리 커버곡이 나았다. 엄마는 아일랜드 뮤지션인 시네이드 오코너의 노래를 즐겨 불렀다.

　엄마의 노래는 주변의 모든 것을 아득히 멀어지게 하고 평원에 홀로 서 있는 기분이 들게 했다. 그 노래를 듣고 있으면 나 그리고 엄마의 목소리만 세상에 남은 것처럼 쓸쓸하고 애틋했다. 내가 고작 초등학생 때였는데 아직도 그 감정이 생생하다. 엄만 자주 눈을 감고 불렀고 그 모습을 보고 있자면 엄마가 노래할 때 그 세계엔 나조차도 없겠구나 싶었다. 그래서 외로운 마음이 들었는지도 모르겠다.

　시네이드 오코너는 몇 년 전 생을 마감했고 가게에서는 추모의 의미로 하루 종일 그녀의 음악을 틀었다. 물론 그날도 엄마는 가게에 오지 않았다. 손님들은 엄마의 노래를 다시 듣고 싶어 했지만 엄마는 더 이상 노래하지 않는다. 노래방조차 가지 않는다. 오랜 세월 가게의 적자가 쌓여 대출 이자, 마이너스 통장 이자에 허덕이던 상황을 알바와 부업 등으로 가까스로 버텨 오던 엄마는 내 학원비가 밀리는 것만은 견디지 못했다.

엄마는 첼시 호텔을 완전히 떠났고 다시는 돌아오지 않았다. 밤낮없이 공부해 공무원 시험을 봤고 두 번 만에 합격해 적지만 정기적인 월급을 받는 삶을 산다. 코로나가 끝나고 가게 상황은 이전보단 나아졌지만 삶에 대한 엄마의 태도는 완전히 바뀌었다. 낮과 밤, 현실과 몽상, 걷기와 날기의 영역이 겹치지 않는 것처럼 엄마는 첼시 호텔과 관련한 모든 것을 삶에서 도려내 버렸다. 그 안에는 밤새 술 마시기, 노래하기, 좋아하는 음악 크게 듣기, 새벽 두 시쯤 춤추기 등등이 포함되어 있었다. 엄마는 이제 그런 것 대신 절약, 아파트 시세, 청약 이런 것에 더 관심이 많다.

닭꼬치를 다 먹고 나가려다 고작 언니와 마주쳤다. 언니는 이미 술에 취해 있었다.

"어? 락영이다. 락영아, 락영아."

"어이 고작, 애 붙잡고 주정 부리지 마."

아빠가 말리는 시늉을 했다. 소설을 쓴다는 고 작가는 여기서 '고작'으로 불린다. 나는 뜻도 모르고 옛날부터 고작 언니라고 불렀다. 언니가 술에 취하면 '고작 이렇게 살려고 태어난 건 아닌데…….' 입버릇처럼 말해서 별명이 고작이겠거니 생각했었다.

고작 언니는 바테이블에 앉아 책도 읽었다. 술 취해서 읽는 게 더 좋다고 했다. 진토닉과 맥주를 번갈아 마시며 어둡건 시끄럽

건 개의치 않고 몇 시간이고 책을 읽는다.

"너무 오래 혼자 있는 건 해로워. 그래서 나오는 거야."

왜 집이 아닌 이곳에서 책을 읽느냐고 물었을 때 돌아온 대답이었다. 대화는 거의 나누지 않더라도 사람들 속에 있고 싶어 나오는 것 같았다. 언니는 아홉 시에 자고 아홉 시에 일어난다. 남들과 다른 점은 AM, PM이 바뀌었다는 것이다. 완전 야행성이다.

"우와 신난다. 근데 속상해. 근데 이상해."

"오늘따라 더 맥락이 없으시군요."

세라 언니가 맥주를 두 병 꺼내 고작 언니에게 하나 건네며 내게도 물었다.

"락영이, 콜라 마실래?"

얼결에 고개를 끄덕이자 아빠가 얼음잔을 내줬다.

"오늘 출판사 미팅 다녀왔어."

"진짜? 그럼 출간하는 거야?"

"그게…… 담당자 이야기를 들을수록 모르겠는 거야. 하자는 건지, 말자는 건지. 내용 너무 좋고 너무 내고 싶다. 그런데 출판 시장이 어떻다 저떻다, 근데 너무 괜찮은 작품이다. 근데 어쩌고 저쩌고……."

"그래서 결론이 뭐래?"

"잘 지켜보고 있겠다. 더 좋은 작품도 나올 것 같다……."

"아 뭐야 그게?"

"그치. 그래서, 미팅 끝나고 출판사 앞에서 순댓국에 소주 한 병 까고 다시 출판사로 들어갔어."

어느새 가게 안의 모두가 고작 언니의 말에 귀 기울이고 있다. 음악 소리까지 아주 작아져 있다.

"설마 가서 깽판치고 온 거야?"

병 아저씨가 흥미진진함을 숨기지 못한 목소리로 물었다.

"깽판까진 아니고……."

출판사로 돌아간 고작 언니는 사장을 면담하고 싶다고 했다. 무슨 일로 그러시냐고 미팅에서 만난 담당 편집자가 뛰어나왔고 언니는 무조건 사장과 이야기하고 싶다고 우겼다. 하지만 모든 사장들이 그렇듯 사장은 자리에 없었다. 혹은 없는 척했다. 언니는 대체 미팅은 왜 했냐, 말을 왜 빙빙 돌리냐, 출간을 해 준다는 거냐 만다는 거냐, 단도직입적으로 화끈하게 물어봤다. 언니를 달래 회의실로 들어온 편집자는 몹시 미안해하며 인세를 2쇄까지만 5퍼센트로 조정해 주면 출간을 해 줄 수 있다고 말했다.

"5퍼센트요? 그럼 출판사 95퍼센트 나 5퍼센트?"

제작 단가가 워낙 높아졌고 시장이 좋지 않아 요새는 인세 5퍼센트 이하로 오케이 하는 작가들이 많다고, 편집자는 말했다. 그도 그 말이 차마 안 나와 빙빙 돌리다 만 거라면서. 고작 언니가 덧붙였다. 편집자는 잘못이 없다. 그 계약을 받아 오라고 한 사장이 문제지.

"잠깐만요. 근데 원래 인세가 보통 몇인데요?"

"10퍼센트."

나만 모르는 것 같아 눈치 보다 물어봤는데 아무도 몰랐던 모양이다. 여기저기서 5퍼센트나 10퍼센트나 개미 똥구멍 아니냐고 외쳐 댔다. 그래도 책은 작가가 쓴 건데 50퍼센트쯤 되는 줄 알았다며.

"암튼 그래서 내가 빡쳐서 됐다고, 책 안 낸다고, 내가 쓴 거 내가 다 끌어안고 뒤질 거라고, 그러고 나오려는데 얘네 컴퓨터에 내 글이 있는 게 싫은 거야. 불안하고. 그래서 내 앞에서 다 지워 달라고 했어."

편집자는 말없이 자기 자리로 고작 언니를 데려가 주고받은 메일과 다운받은 파일을 눈앞에서 전부 지웠다. 그러는 동안 사무실에선 기침 소리 하나 안 났다고 한다. 수치심을 견디며 그런 요구를 한 건 고작 언니였는데 편집자 또한 만만치 않게 모든 것을 견디는 표정이었다고 한다.

"사람들 전부 내 일거수일투족을 지켜보고 있었어. 그런 주목감은 난생처음이었어."

맥주 한 병을 단숨에 마신 고작 언니에게 누군가 새로운 맥주

병을 건넸다. 언니는 오늘 밤새 마실 기세다. 열 편이 넘는 단편소설과 장편소설 하나를 썼지만 출판된 건 하나도 없기에 이번 일로 언니가 얼마나 들떴고 실망했는지 짐작할 수 있었다. 자기 책을 내는 게 소원인 작가라니 아이러니하다. 책을 내면 작가인 줄 알았는데 고작 언니의 의견은 다르다. 책을 낸 사람이 다 작가는 아니란다.

"그럼 작가가 뭐예요?"

"누가 그랬어. 작가는 직업이 아닌 정체성을 뜻하는 말이라고."

"아 네……."

하여 정체성이 작가인 고작 언니는 책은 낸 적 없지만 매일매일 글을 쓰고 책을 읽으며 작가로서의 정체성을 지켜 나가고 있는 듯하다. 한마디로 직업이 없다고 보면 된다.

"고작을 위해 병을 쌓아 줄게."

병 아저씨가 고작 언니 어깨를 토닥이며 일어났다. 위로차 2차 공연이 시작되려 하자 아빠는 스피커의 볼륨을 높였다. 고작 언니가 언젠가 읽어 준 책의 한 장면이 떠올랐다.

주인공인 홀든 콜필드는 취기가 돌면 바에 앉아 배에 총알이 박혔다고 상상하곤 한다. 술집에서 창자에 총알이 박힌 사람은 자기뿐이고, 부상을 알리지 않기 위해 재킷 밑에 손을 넣어 피가 사방에 떨어지지 않도록 배를 움켜쥐고 있다.

그 구절을 알게 된 이후로 첼시 호텔의 손님들을 바라보면 그게 자꾸 떠오른다. 모두들 웃고 떠들지만 실은 내상을 입은 동물처럼 눈에 보이지 않는 피를 흘리고 있는 것일지 모른다고. 그들은 모든 것을 농담처럼 이야기하고 바에 앉아 선반의 LP들을 바라보며 아무렇지 않은 척 맥주를 마신다. 이야기와 이야기 사이 침묵을 지우기 위해 맥주를 마시는 것이다. 마치 쉼표처럼. 다 마신 병을 쿵 내려놓으면 마침표.

나는 그들이 만드는 문장과 쉼표, 마침표를 바라본다. 과연 문장이 길어질수록 취할 수밖에 없는 구조다. 어른들이 왜 취하는지 내가 남들보다 더 빨리 깨달았다는 걸 말해 두고 싶다.

7. 좋아하는 건 결코 아니야 1

　김도영과 나는 처음 벌레 테러가 벌어진 날 영상 찍었던 아이들을 수소문했다. (사물함에서 벌레가 나온 날은 수업 직전이었기에 동영상을 찍은 애가 없었다.) 영상은 대부분이 지유의 책상 주변만 찍은 데다 그나마도 흔들려 주변 아이들의 얼굴을 볼 수 없었다. 다른 반 애가 창문 너머로 찍은 유튜브 쇼츠를 김도영이 발견했다. 교실을 카메라로 한 바퀴 훑으며 당시 아이들의 공포와 놀람도 함께 담으려고 한 듯하다. 모두의 얼굴에 모자이크 처리가 되어 있어 원본을 찾아야 했다.

　당시 함께 교실에 있었던 몇몇 아이들의 증언과 쇼츠에 달린 댓글들을 토대로 촬영자를 찾았다. 다행히 김도영이 아는 애라 원본 동영상은 어렵지 않게 받을 수 있었다. 다만 공유하거나 유포하지 않겠다는 약속을 했기 때문에 김도영의 휴대폰으로만 보는 게 가능했다. 화면에 나오는 아이들 한 명 한 명에게 물어보면 첫 발견자이자 첫 등교자를 찾을 수 있을 것이다.

쉬는 시간 틈틈이 김도영의 책상에서 김도영의 작은 휴대폰으로 같은 영상을 함께 보고 있자니 긴장됐다. 한 사람도 놓치지 않기 위해, 시력이 김도영보다 좋은 내가 김도영 자리에 앉아 화면을 들여다봤고 김도영이 내 뒤에 서서 얼굴을 내 어깨쯤에 두고 이런저런 참견을 했다. 김도영 귀가 내 뺨에 닿을 것 같아 가까이 다가올 때마다 움찔움찔 놀랐다.

"락영아, 얼굴 빨개. 더워?"

화장실에 다녀온 지유가 무심코 물었을 때 몸의 온도가 100도쯤 치솟는 기분이었다. 인간의 체온이 높아 봤자 40도 이하라는 사실이 믿기지 않았다. 이성과 이토록 가까이 있어 본 게 처음이라 그런가. 흔들리는 꽃들 속에서나 샴푸향이 나는 줄 알았는데 남자애한테서도 샴푸향이 난다는 사실을 처음 알았다. 하마터면 송로버섯을 발견한 돼지처럼 킁킁댈 뻔했다.

그날 집에 가기 전, 화면 속 아이들을 확인해 물어본 결과 드디어 맨 처음 등교한 애를 찾았다. 운동부 최수민이었다. 보통 강당으로 바로 가지만 시간이 남으면 교실에서 폰 게임을 하다 간다고 했다. 아침 운동 집합시간은 여섯 시 삼십 분이고 그날은 여섯 시 십오 분쯤 도착했기 때문에 교실로 향했다.

"첨엔 몰랐거든. 그냥 내 자리에 앉아서 게임하다가 삼십 분다 돼서 강당으로 가려고 하는데 뭐가 막 꿈틀거리는 게 보이는 거야."

그렇게 최수민은 벌레들을 발견했고 경악한 나머지 한참 동안 몸을 움직일 수 없었다. 잠시 후 두 번째로 등교한 애가 교실로 들어왔고 둘은 그제야 같이 소리를 지르기 시작했다. 그다음은 나도 이미 아는 바였다.

"그날 아침 운동 지각해서 기합받았어. 너무 쇼킹해서 자리를 뜰 수가 없더라. 그 뒤로 트라우마 생겨서 교실 안 들르잖아. 대체 어떤 또라이가 그런 짓을 하는 걸까? 반장, 찾으면 나한테도 꼭 알려 줘."

하교하는 길에 경비실에 들러 지난주 목요일 오전 여섯 시 십오 분 이전 정문 CCTV를 다시 살펴봤다. 같은 날은 아니지만 비슷한 시간에 일을 벌이지 않았을까 싶었다. 하지만 누군지 특정하기가 쉽지 않았다. 원래 알던 얼굴이 아닌 이상 흐릿한 화질로 신원을 알아내는 건 불가능에 가까웠다. 많은 인원은 아니었지만 우리 학년뿐만 아니라 전 학년이 다 섞여 있었다. 부지런한 고등학생이 이토록 많다니. 얼마 전 인터넷을 휩쓴 '갓생살기'의 영향인가. 대한민국의 미래는 밝구나. 그와 반대로 고교 탐정단의 미래는 어두웠다.

어부는 우리가 본인의 정체를 밝히기 위해 호시탐탐 기회를 노리는 중임을 눈치챈 게 틀림없다. 나와 지유, 김도영이 새벽 여섯 시에 등교한 일주일 동안 아무런 일도 벌어지지 않았다. 특이사항도 없었다. 낯선 인물도, 벌레가 가득 든 병도, 우리를 지켜보는 검은 그림자도. 모든 것이 평화로워 보였다. 그러는 사이 6월 모의고사가 지나갔고 우리는 여름에 도착했다. 우리의 마음과 상관없이 나무와 풀들은 나날이 울창해졌고 태양은 눈부시게 빛났다. 풍경은 매일매일 조금씩 더 선명해져 갔다.

이른 아침 학교는 낯선 장소였다. 어떤 공간에 무릇 있어야 할 것들이 없으면 그리 낯설어지는가 보다. 일 년 반 동안 매일매일 머물던 공간인데도 학생 하나 없는 텅 빈 교정은 냄새도 색깔도 느낌도 달랐다.

언젠가 티브이에서 어떤 출연자가 삶이 두렵거나 무서워지면 일찍 일어나라고 했던 말이 어렴풋이 이해가 된다. 이른 아침은 모든 게 새것 같아서 무엇이든 새롭게 시작할 수 있을 것만 같고 내 몸과 마음조차도 갓 구운 쿠키처럼 새것 같다. 처음엔 어두운 시간에 눈을 뜨고 일어나는 게 괴로웠지만 점차 익숙해져 갔다.

아침 시간에 나는 공부를 하고 김도영은 책을 보고 지유는 폰 게임을 했다. 애초에 지유는 공부 쪽에는 재능이 없다며 졸업하면 알바로 돈부터 벌며 뭘 할지 생각해 보겠다고 했다. 하지만 대학 진학 예정인 김도영이 소설책만 보고 있는 건 이해가 안 갔다. 몇 주 전엔 인사도 안 하는 사이였으니 모른 척 둬도 되는데 신경이 쓰였다. 며칠을 벼르다 물어보고야 말았다.

"김도영, 너 공부 안 해? 대학 안 가?"

좀 더 상냥한 말투로 물어보고 싶었는데 새벽 두 시에 몰래 폰 보다 마주친 엄마처럼 묻고 말았다.

"오, 나 관리해 주는 거야?"

김도영이 안경을 벗고 씨익 웃으며 나를 쳐다봤다. 창가에서 불어온 바람에 김도영의 갈색 머리카락이 나풀나풀 휘날렸다. 만져 보고 싶을 만큼 부드러워 보여 나도 모르게 손을 뻗을 뻔했다.

"아니, 뭐 연영과 간다며…… 그쪽 입시도 빡셀 텐데 소설책만 보고 있길래."

"이게 실은…… 내가 나름 준비하는 거야. 이야기를 읽으면서 인물에 대해 생각해 보고 있어."

"무슨 생각?"

"예를 들어 여기 『호밀밭의 파수꾼』에 나오는 홀든 콜필드가 술에 취해서 옛날에 썸 탔던 메리라는 여자애한테 전화를 하거든. 그러니까 메리가 누구랑 있냐고 물어. 홀든은 '나와 내 자신.'이라고 답한단 말야. 여기서 '나'랑 '내 자신'은 각각 어떻게 다른

지, 그런 걸 생각해."

예상 외로 진지한 대답에 멋쩍어서 그 애가 들고 있던 책을 괜히 파라락 펼쳐 봤다. 그러고 보니 고작 언니가 좋아하는 책이라고 내게 읽어 준 것도 이 책이었다. 이 책을 읽는 게 유행인가 보다.

"이 책 재밌어?"

"응, 좋아하는 책이라 열 번은 본 것 같아."

"이게 입시에 도움이 된다고? 흠…….."

"따져 보면 직접적인 연관은 없지. 그냥 내가 좋아하는 걸 파다 보면 어디라도 닿을 것 같아서."

그렇다면 나도 한 번쯤 읽어 봐야겠다고 생각했다. 그렇지만 입시가 먼저니까 합격 이후에.

"그래서 '나'랑 '내 자신'은 어떻게 달라?"

"내 생각엔 '나'는 모두가 아는 나 같고 '내 자신'은 나만 아는 나 아닐까."

"나 알아!"

엎드려 있던 지유가 벌떡 일어났다.

"'나'는 한 글자고 '내 자신'은 세 글자야!"

우리는 지유에게 박수를 짝짝 쳐 줬다. 시험에 나오면 분명히 그렇게 쓸 녀석이었다. 이런 문제가 출제될 리 없는 게 다행이었다.

"그건 그렇고 내가 고민을 해 봤어. 어부는 누구인가."

지유가 모처럼 중요한 말을 시작했다.

"내게 원한을 가지고 있고, 또 내가 벌레를 싫어하는 걸 아는 사람."

"그게 누군데?"

"우리 엄마."

"아, 뭐야!"

나는 지우개를 집어던졌다. 책상 모서리에 맞고 떨어진 지우개를 지유가 소중히 주워다 줬다.

"진심이야? 너네 엄마가 대체 왜 그런 일을 했다고 생각하는 거야?"

김도영이 물어보자 지유는 웃음으로 얼버무렸다.

"벌레로 괴롭힐 만큼 나를 미워하는 건 이 세상에 엄마뿐인 거 같아서……."

"왜 그렇게 널 미워하시는데?"

"공부도 못하고 잘하는 것도 없고 말도 드럽게 안 듣고……."

"그거야 반장 같은 애들 빼고 대부분 다 그렇지."

"그리고 태어나 버렸고……."

"뭐!?"

나와 김도영이 놀라서 동시에 외치자 지유는 혀를 살짝 내밀더니 또 히힛 웃었다.

"배고파. 먹을 거 있냐?"

"말 돌리지 말고 똑바로 말해 봐."

"근데 사실 엄마가 나보다 벌레 더 무서워해. 엄마는 어부가 아닌 걸로."

지유는 가방을 뒤적이기 시작했다. 나와 김도영은 조용히 눈빛을 교환했다. 나는 가방에서 칼로리바를 꺼내 지유에게 건네주고 다시 공부를 이어 갔다. 하지만 머리에 잘 들어오지 않았다. 지유의 말에도 신경이 쓰였지만 어쩐 일인지 더 신경이 쓰인 건 뒷자리 김도영의 존재였다. 내 뒤통수에 신경세포들이 몰린 것처럼 몸 전체 촉각의 균형이 깨져 버렸다. 뒤통수는 간질간질하다가 화끈화끈하다가 쿵쾅쿵쾅하는 등 주인의 허락도 없이 한창 파티 중이었다.

bewildered : 당혹스러운

bewildered : 당혹스러운

bewildered : 당혹스러운

공책에 구멍이 뚫릴 정도로 빡빡 영단어를 적고 적고 또 적었다.

8. 좋아하는 건 결코 아니야 2

스터디카페에서 공부를 하지만 내내 하는 건 아니다. 중간에 화장실도 가고 쉬는 시간도 있어야 효율적으로 할 수 있다. 그러니까 내가 SNS에서 김도영을 찾아본 건 단순한 호기심과 시간 때우기라고 말하고 싶다. 스트레칭을 하고 커피 한 잔을 마시며 폰을 만지다 문득 궁금해졌고, 게시물도 팔로워도 하나 없지만 남들 피드를 구경하기 위해 만든 계정에 백 년 만에 로그인을 했다. 반 애들 인스타를 타고 김도영을 찾았다. 책과 영화, 연극 리뷰가 대부분이었다. 얼굴은 하나도 안 나왔지만 그 애의 공간임을 단번에 알 수 있었다. 하나하나 읽다가 그 애와 연결된 계정들도 구경했다. 여자애들도 있었다. 아니 여자애들이 더 많았다. 책만 읽는 거 같더니 언제 또 이리 수많은 여자애들과 친목을 다졌는지 모를 일이었다. 지유와도 맞팔 중인 걸 봤을 땐 가벼운 배신감이 들었다. 나한텐 계정 물어본 적도 없는데. 치사한 놈.

됐고 공부나 하자 싶어 폰 화면을 닫으려는데 문득 비상 연락망에 적혀 있던 김도영의 메일 주소가 떠올랐다. 'halcyon_days12'. 단어가 낯설어 검색해 보다가 어느새 기억된 아이디다. X를 열어 그 아이디를 쳐 봤다. 계정 하나가 떠올랐다.

노을 지는 풍경 사진이 걸려 있었다. 학교에서 찍은 거다. 우리 학교는 서향이라 해 질 녘에 창밖을 보면 그 어디에서 바라보는 것보다 선명한 오렌지색 하늘을 볼 수 있다. 좀 더 저물면 아래쪽은 새빨갛고 위로 갈수록 남색으로 어두워지는 하늘의 빛깔을 볼 수 있는데, 내가 가장 좋아하는 하늘이다.

우리는 매일 같은 풍경을 바라보고 있었구나. 작은 교실에서 각자 고요히 같은 하늘을 바라보는 시간이 있다는 게 좋았다. 처음으로 '연결되어 있다'는 생각이 들었다.

사진 옆에는 '아무 취미 계정'이라고 적혀 있었다. 인스타와 다르게 팔로워도 팔로잉도 많지 않다. 마치 김도영의 일기장을 발견한 것처럼 죄책감을 느꼈지만 호기심을 누를 수 없었다.

X에서 발견한 김도영의 취미 중 하나는 건반 연주였다. 쉽게 편곡된 지브리 피아노곡들을 독학으로 치는 듯했다. 중고로 샀다는 키보드로 연주하는 짧은 영상이 여러 개 올라와 있었다. 잘 치진 않았지만 정성껏 쳤다.

짧은 글들은 평소 김도영의 말투 그대로였다. 성적 이야기, 학교생활, 읽은 책들, 먹은 음식, 자잘한 고민…… 사이사이 웃긴 글, 귀여운 고양이 사진이 리트윗되어 있었다. 긴 시간 계속해 온 듯했다.

이상하게 기쁜 마음이 들었다. 김도영이 온라인상에서도 김도영 그대로인 게 기뻤다. 음침하고 이상한 취향을 갖고 있지 않아 안도했다. 하지만 내가 찾아봤다는 걸 김도영이 알면 나를 음침하고 이상한 애라고 생각할 게 분명하다. 겉으론 모범생인 척하면서 뒤에선 몰래 남의 머릿속을 멋대로 들여다보고 싶어 하는, 스토킹 성향이 있는 변태…… 아니, 잠깐! 이것 좀 본다고 그렇게 생각하는 건 너무한 거 아닌가. 뭐 엄청난 비밀을 써 둔 것도 아니고 취미 계정 정도인데. 참 나도 과다 의미 부여를 해서 탈이라니까. 그런데 왜 이렇게 얼굴이 화끈거리지.

정신 차려 보니 얼굴에 손부채질을 하며 로비에서 우왕좌왕하고 있다. 그러는 중에도 눈은 자꾸 폰으로 가서 김도영이 올린 글을 거의 다 읽어 버렸다. 덕분에 김도영에 대해 아주 많은 잡지식을 얻게 되었다. 공부가 지겨워 도피를 하다 보면 이런 일도 생긴다. 이제 찬물 한 잔 마시고 다시 자리로 돌아가 공부를 해야 하는데 마음이 붕붕 날아다니는 꿀벌처럼 제자리에 있지를 않는다.

김도영은 참치김밥보다 치즈김밥을 더 좋아한다. 나도 그렇다.

바스락거리는 이불보다 부드럽고 푹신한 이불을 선호하고 에스프레소로 내린 아아 말고 콜드 브루를 사 마신다. 사계절 중 여름을 가장 사랑하고 늦은 오후 매미 소리에 깨는 낮잠을 좋아한다. 맨 처음 친 곡은 〈이웃집 토토로〉다. 김도영의 부모님은 연영과 입학을 반대하신다. 김도영은 전혀 연연하지 않는다…….

그날 밤 김도영 꿈을 꿨다. 꿈에서 김도영은 이 세상에서 본인에 대해 가장 많이 아는 사람이 된 걸 축하한다며 내게 악수를 청했다. 김도영은 내 눈을 다정하게 바라봤다. 갈색 눈동자 안에 내가 통째로 담겨 있다. 내 손을 놓지 않은 채로 나를 바라보던 김도영이 뭐라 속삭였다. 들리지 않아 안타까운 마음에 귀를 그 애 쪽으로 가까이 했다. '……되어 줄래?' 웅얼거려서 앞부분을 또 놓쳤다. 쑥스러워서 그런가. 크게 이야기해 주면 좋을 텐데. 거의 입을 맞출 정도로 얼굴이 가까워졌다. 심장이 터질 것 같았다. 김도영이 또박또박 다시 한번 말했다. '내 외장 하드가 되어 줄래?'

꿈에서 깬 나는 어이가 없었다. 뺨을 휴대폰에 댄 채로 엎드려 자고 있었다. 어제 스카에서 공부를 때려치우고 들어와 폰을 보다 잠들었다. 그만 보려고 해도 멈출 수가 없었다. 김도영의 계정을 보고 또 봤다. 공부 스트레스가 극에 달해 정신 건강이 무너지는 신호인 걸까. 거울을 보니 다크 서클이 턱까지 내려와 있다. 알람을 끄고 고민에 빠졌다. 오늘은 학교 천천히 갈까. 바깥은 아직 어둡고 몸은 무겁다. 다시 눈꺼풀이 무거워져 돌아누우려는데 문득 텅 빈 교실에 지유와 김도영 둘만 앉아 있는 장면이 머릿속을 스쳤다. 벌떡 일어났다. 세 명의 무리에서 두 명이 친해지면 한 명은 자연스럽게 혼자가 된다. 그런 일은 있으면 안 된다! 왜? 원래 혼자 잘 다녔는데? 의문을 제기하는 또 다른 나의 목소리를 무시하며 화장실로 향했다.

거실 소파엔 아빠가 널브러져 자고 있다. 엄마 아빠의 생활 패턴이 워낙 다르니 어쩔 수 없겠지만 아무리 늦게 와도 아빠는 안방에서 잤다. 굳게 닫힌 안방 문을 흘긋 바라보다 이불을 제대로 잘 덮어 줬다. 소파 위에 구겨져 누워 있는 아빠는 평소보다 더 작고 볼품없어 보였다. 아빠의 날숨에서 첼시 호텔의 먼지 냄새가 나는 듯했다. 보리차 주전자와 컵을 거실 테이블 위에 올려 뒀다.

9. 김도영은 그곳에 없었다

　서둘렀는데도 평소보다 삼십 분쯤 늦었다. 김도영의 얼굴을 마주할 일이 묘하게 민망해 오는 내내 걸음이 잘 떨어지지 않았던 탓도 있었다. 정문에서 운동부 최수민을 만났다. 일찍 등교하게 되면서 가끔 마주쳤다.

　"락영! 하이! 김도영도 왔던데."

　"하이하이! 우리 얼리버드 클럽이잖아."

　"오늘 파이팅해!"

　"너도 파이팅!"

　이른 시간 등교하는 애들끼리는 묘하게 연대감이 생긴다. 크게 인사를 주고받자 조금 기운이 났다. 파이팅, 파이팅 곱씹으며 교실로 들어섰다.

　교실에는 지유뿐이었다. 최수민의 말과 달리 김도영은 없고 책상 옆에 가방도 걸려 있지 않았다. 지유는 앞문을 등진 채로 뒷문 쪽에 망연자실하게 서 있었다. 수십 마리의 갯지렁이들이 뒷문을 중심으로 퍼져 나가는 중이었다. 어부가 다녀간 것이다.

나조차도 얼음 기둥이 된 것처럼 한 걸음도 움직일 수 없었다. 잠시 후 내 뒤로 등교한 한 아이가 그 장면을 보곤 비명을 지르며 복도로 뛰어나갔다. 가까스로 다가가 보니 지유는 울지도, 떨지도 않고 가만히 서 있을 뿐이었다. 벌레들을 내려다보고 있었지만 아주 멀고 아득한 곳을 바라보는 눈동자였다. 슬픔도 분노도 놀람도 담기지 않은 텅 빈 눈동자. 이런 표정을 갖고 있었던가. 지유가 아주 많이 낯설게 느껴졌다.

나는 침착하게 일회용 컵과 나무젓가락을 찾아내 김도영이 한 것처럼 벌레들을 잡기 시작했다. 지유의 표정이 그리 만들었다. 무릎으로 교실 바닥을 기어다니며 벌레를 잡는데 한참 후 고개를 들어 보니 반 친구들 여러 명이 나를 돕는 중이었다. 경찰에 신고해야 한다고, 그냥 넘어갈 일이 아니라고 지유에게 충고하는 애들도 있었다. 지유는 석상처럼 서 있기만 했다.

"괜찮아?"

벌레를 다 처리하고 조심스레 지유에게 물었다. 당연히 괜찮을 리가 없는데 바보 같은 질문을 해 버렸다. 꿈에서 막 깨어난 것처럼 지유가 나를 쳐다봤다.

"……교무실에 갈래? 선생님한테 말씀드리고 집에 연락도 하는 게 좋겠어.”

지유가 내게 뭔가를 내밀었다. 얼떨결에 받고 보니 글자가 프린 트된 작은 쪽지였다.

事必歸正.

“헐, 뭐야? 부적이야?”

옆에서 지켜보던 애가 소리쳤다.

“뭐라고 써 있는 거야?”

한 아이가 핸드폰으로 구글렌즈를 켜서 글자에 갖다 댔다. '사 필귀정'. 무슨 일이든 결국 옳은 이치대로 돌아간다.

“소오름!”

교실은 더더욱 소란스러워졌다. 그새 소문이 퍼졌는지 교실 앞 복도는 발 디딜 틈 없이 인파로 북적였다. 선생님들 여럿이 와 호 루라기까지 불며 아이들을 해산시켰다. 지유는 자기 자리에 조 용히 엎드려 있었다. 나는 일회용 컵에 가둔 벌레들을 교정 화단 에 풀어 줬다. 풀어 줘도 살 수 없으니 버렸다는 표현이 맞을지도 모른다. 그래도 차마 쓰레기장에 버릴 순 없었다. 마냥 징그럽기 만 했는데 가엽다는 생각도 든다. 열심히 흙 위로 기어다니는 벌 레들을 한참 바라봤다. 어떤 일이 벌어지는지도 모르고 우왕좌 왕하는 게 꼭 우리들 같다.

이 일은 어떻게 흘러가려나. 생각해 보면 어부가 벌레를 이용

한 건 꽤 영리한 짓 같다. 시각적으로 엄청난 충격을 주지만 범인이 잡혀도 실질적인 피해라고 할 만한 게 없기 때문에 큰 처벌을 받지 않을 거다. 지유를 중심으로 방사형으로 퍼져 나가던 갯지렁이들의 모습이 그로테스크한 영화의 한 장면처럼 뇌리에 남았다. '사필귀정'이라는 쪽지마저도. 뭐랄까 굉장히 연극적이다.

그날 스카에서 지유와 얽히지 않았다면 이렇게 마음이 어지러울 일도 없었을까. 같은 반 애가 안됐네, 이런 마음으로 넘겨 버리고 해야 할 일에 집중할 수 있었을까. 하지만 이미 일어난 일에 가정은 무의미하다.

지유가 걱정된다. 이런 일을 세 번이나 겪다니. 이 공간 안에서 누군가 지유를 이토록 미워하며 상처 입히려 하고 있다는 게 믿기지 않는다. 함께 수업을 듣고 함께 밥 먹고 함께 복도를 오가는 아이들 속에, 그러니까 우리 안에 어부가 함께 있다는 게. 긴 한숨을 쉬고 자리에서 일어났다.

교실로 돌아오니 조례 시간인데 김도영이 보이지 않았다.

"자 자, 이 일은 학교 선생님들이 반드시 해결할 거니 너네는 휩쓸리지 말고 평소 페이스 유지하고. 니네 6모 개판 쳤잖아. 곧 기말이다. 공부해, 공부! 정지유는 선생님 좀 잠깐 볼까?"

담임이 지유를 데리고 교무실로 사라졌다. 담임이 나가자 교실은 다시 벌레 테러 이야기로 시끄러워졌다. 저마다 추리력이 대단하다. 정지유는 흑마술사의 저주에 걸렸다는 말이 가장 설득력 있어 보일 정도였다. 이토 준지 만화의 실사판이라는 애도 있었다. 다들 이 사건이 따분한 학교생활의 활력이라도 되는 듯 이야기하는 것이 꼴 보기 싫었다.

"반장, 근데 김도영 아직 안 왔어!"

김도영 근처에 앉은 애가 크게 외쳤다.

"어? 나 아침에 봤는데? 엄청 일찍 왔던데?"

아침에 마주쳤던 최수민이 큰 목소리로 나를 쳐다보며 말했다. 교실이 갑자기 조용해졌다.

"김도영 거의 맨날 일찍 오는데. 운동부도 아니면서 운동부만큼 일찍 와."

"어디 간 거야? 급똥 아냐?"

"두 시간도 넘게 지났는데? 나 걔 운동 들어가기 전에 봤어. 여섯 시 이십 분쯤?"

"어디서 봤어?"

내가 묻자 최수민이 대답을 어물거렸다.

"왜 말을 안 해?"

"담임한테 안 말할 거지?"

"내가 담임 앞잡이냐?"

"학교 후문 앞 공터에서 봤어. 쭈그리고 앉아 뭐 하고 있길래 아는 척은 안 했고.”

“뭘 하고 있었길래?”

“그건 몰라. 가까이서 본 게 아니어서.”

학교 뒤편 공터는 오래전 공사를 하다 중단된 상태로, 간이 펜스가 둘러쳐져 있다. 우리 학교 애들이 몰래 들어가 담배를 피우고 술을 마시다 걸린 일이 몇 번 있어 출입금지 구역이다. 거길 김도영이 들어갔다고? 머리 위에 커다란 물음표만 남긴 채 대화는 종결됐다. 수업 시작을 알리는 종소리가 울렸다. 그때 다른 애가 혼잣말처럼 중얼거리는 소리가 또렷하게 귀에 들어왔다.

“근데 전에 보니까 김도영 후문으로 다니던데.”

“거기 등교 시간엔 잠겨 있잖아.”

“기어 올라가서 넘어 다니는 거지.”

1교시 국어 선생님이 들어왔다. 지유와 김도영 둘 다 아직 돌아오지 않았다.

“반장, 빈자리 뭐야?”

“정지유 담임 쌤 상담이고 김도영은 아직 출석 전이에요.”

“무단 지각이야? 정신 빠져 가지고.”

선생님이 출석부에 체크를 하려는 순간 뒷문이 드르륵 열리며 김도영이 들어왔다.

“죄송합니다.”

큰 소리로 사과하고 자리에 앉는 김도영을 한참 못마땅하게 쳐다보던 선생님은 고개를 절레절레 흔들고는 수업을 시작했다. 선생님이 판서를 하는 동안 몸을 돌려 김도영을 바라봤다. 김도영은 나와 눈이 마주치자 고개를 숙여 버렸다. 석연치 않은 기분이 든다. 아까 쓰레기장에서 떠오른 생각이 문득 선명해진다. '우리 중에 어부가 있다.' 김도영은 아닐 거라고 생각하지만. 아니, 아니어야 한다. 하지만…… 그 생각을 온전히 유지하려면 확인이 필요하다. 예컨대 확실한 알리바이가 있다든지.

김도영이 이제껏 후문으로 등교했다면 일찍 등교했어도 경비실 CCTV에서 못 찾은 게 당연하다. 우린 정문 화면만 확인했으니까. 코로나 이후 정문으로만 등교 가능하다는 말을 했을 때 왜 본인은 후문으로 다닌다고 말하지 않은 걸까? 문을 넘어 다니는 걸 그 자리에서 말하기가 껄끄러웠다면 나중에라도 왜 밝히지 않은 걸까? 어부가 본인처럼 닫힌 후문을 넘어 다닐 가능성도 있다는 이야기를 왜 혼자만 알고 있었을까?

선생님의 눈을 피해 뒷자리의 김도영을 흘긋거렸지만 김도영은 한 번도 나를 쳐다보지 않았다.

쉬는 시간에 김도영에게 갔다. 김도영은 평소와 다르게 책도 읽지 않고 엎드려 있었다. 나비처럼 날아서 벌처럼 쏘는 질문들을 던지려고 하는데 마음과 다르게 몸은 주변에서 머뭇거리기만 했다.

"반장, 왜?"

김도영 짝이 묻는 소리에 김도영이 일어났다. 눈가가 빨갰다.

"……왜 늦었어?"

"늦잠 잤어."

일찍 온 거 다 아는데. 그러나 입이 떨어지지 않았다. 김도영이 의심받을 짓을 했다는 다른 증거도 없고 학교엔 일찍 왔지만 교실에 늦게 들어온 것뿐이라면 내가 관여할 문제도 아니다. 무엇보다 두려웠다. 그 말로 인해 김도영에게 미움받는 것이.

"야 반장, 김도영한테 관심 있냐? 왜 물어봐?"

할 말이 없어 괜히 김도영 짝을 삼 초 정도 노려보다 그냥 돌아섰다. 지유가 교실로 들어오다 나와 마주쳤다. 지유의 코가 빨갰다.

"담임이 뭐래?"

"경찰에 신고하길 원하면 해 준대."

"잠깐 얘기 좀 하자."

지유와 인적이 드문 복도 끝으로 갔다.

"울었어?"

지유가 고개를 끄덕였다. 코가 더 새빨개지면서 눈물 한 줄기가 주르륵 지유의 뺨을 타고 흘렀다.

"자꾸 주정뱅이처럼 코만 빨개져. 쪽팔려……."

담임은 지유에게 경찰에 수사를 요청하자고 했단다. 되도록 일을 크게 키우지 않으려고 하는 담임치곤 많이 고민한 결과다. 수사가 시작되면 감식반이 나와 지문도 채취하고 CCTV도 제대로 살펴보고 다른 증거들도 찾아 줄 테니 빨리 해결할 수 있을 거다.

"그럼 고소장 같은 걸 쓰는 건가, 경찰서 가서? 담임이 같이 가 준대? 아님 엄마랑?"

"안 한다 그랬어."

"뭐? 왜?"

도무지 이해가 가지 않아 나도 모르게 목소리가 높아졌다. 먼 복도에 있는 애들까지 우리를 쳐다볼 정도였다.

"일단, 엄마한테 알리고 싶지 않아. 경찰에 접수하면 미성년자라 당연히 엄마가 알 텐데 그거 싫어. 그리고 경찰이 학교에 나타나면 내가 더 주목받잖아. 그것도 싫고. 범인 찾는다고 내 인간관계니 사생활 같은 걸 다 털어놓는 것도 싫어."

"말도 안 돼! 또 벌레 테러를 당하겠다고? 범인도 모른 채로?"

"이제 조금만 있음 방학이니까 어부도 그만둘지 모르잖아. 너나 다른 애들이 벌레도 잘 잡아 주고……. 뭐랄까…… 사랑받는 느낌 나쁘지 않아."

"누가 누굴 사랑, 뭐?"

"그냥 이 일로 다들 나 걱정해 주고 너는 징그러운 벌레도 막 잡아 주고…… 사랑을 느꼈어."

내 앞에 서 있는 애가 미친 건가 싶었다. 정지유의 사고방식에 독특한 구석이 있는 건 알았지만 이 정도일 줄은 몰랐다.

"그냥 일상이 되도록 냅두면 일상이 되겠지. 아, 또 벌레구나. 이 주 만이네? 귀여운 지렁이 놈들."

해맑은 표정으로 헛소리를 하는 정지유의 코는 여전히 새빨갛다.

"그러다 보면 어부도 지루해지겠지. 임팩트가 없다고 생각하면 그만두지 않을까?"

본인이 싫다는데 제3자가 강제로 신고할 수는 없다. 하지만 그것과는 별개로 김도영 이야기는 알고 있어야 할 듯하다. 목소리를 낮추고 말했다. 김도영이 오늘 아침 누구보다 일찍 등교했는데 중간에 사라졌다가 1교시 직전에 교실에 나타났다, 김도영은 늘 후문으로 등교했다, 그래서 벌레 테러 당한 날 CCTV로 등교한 사람들을 살펴봤을 때 김도영이 없었다, 최수민 말로는 김도영은 늘 일찍 오는 편이라고 한다, 우리가 일찍 오기로 약속한 날 전부터, 근데 우리에겐 그런 말을 하지 않았다.

"넌 그래서 김도영이 어부라고 의심하는 거야?"

"의심이라기보다…… 확인이 필요하다는 말이야."

"그게 그 말이지. 김도영은 아니야."

정지유는 빠르게 교실로 걸어갔다. 좀 더 생각해 보자고, 오해가 있을지 모른다고, 며칠 지켜보면 좋겠다고 하는 내 말들을 뚜벅뚜벅 밟으면서. 문을 드르륵 소리가 나도록 세게 연 지유는 김도영에게 단도직입적으로 말했다.

"너 어부 아니라고 락영이한테 빨리 말해. 오해하잖아."

"뭔 소리야?"

엎드려 있다 고개를 처든 김도영이 얼굴을 찌푸리며 되물었다. 내가 끼어들어 부연설명을 할 수밖에 없었다. 이런 식으로 물어보고 싶진 않았는데.

"너 이전부터 항상 일찍 왔었다는 거, 후문으로 다닌다는 거. 그래서 벌레를 투척할 수 있는 기회를 가졌다는 거. 오늘 알게 됐어."

"누가 그래?"

오해를 하게 만든 건 본인이면서 나를 탓하는 듯한 눈빛에 살짝 당황했다.

"그럼 오늘, 일찍 왔으면서 교실엔 왜 늦게 온 거야? 어디에 있었어?"

당황한 나머지 질문이 직설적으로 나갔다. 우리의 대화는 순식간에 반 아이들 모두의 관심을 끌었다. 최수민은 나와 눈이 마주치더니 어깨를 으쓱했다. 발을 빼겠다는 제스처인가? 김도영이 자리에서 일어났다. 교복 앞부분에 흙이 묻어 있었다. 톱밥 같아 보이기도 했다. 무엇보다 김도영은 벌레를 아주 잘 만진다.

"내가 그걸 일일이 보고할 필요는 없을 텐데."

"왜 말 안 했어?"

김도영이 나를 오래 바라봤다. 갈색 눈동자 안쪽에 일렁이는 불길인지 바람에 마구 펄럭이는 깃발 같은 것이 나를 향해 흔들렸다. 나는 눈을 피하지 않았다.

"이렇게 의심할까 봐."

"도영이는 아니야, 내가 알아."

무조건적으로 김도영을 감싸는 지유의 말에 어처구니가 없었다. 김도영이라는 게 아니다. 나도 아니길 바란다고. 다들 중1 때 필요충분조건 안 배웠나?

"도영아, 미안한데, 내가 아침 일찍 널 봤어. 공터에서. 근데 하필 오늘 이런 일이 생겼고 넌 늦게 들어왔잖아. 오해할 수 있다고 봐."

마침내 최수민이 입을 열었다.

"……고양이를 돌봤어."

"뭐?"

"공터에서 고양이를 돌봤다고!"

머리부터 발끝까지 새빨개진 채 김도영이 외쳤다. 교실은 더할 나위 없이 조용해졌다.

"고양이가 새끼를 낳아서 며칠 전에 집에 데려갔는데 엄마가 쫓아냈어. 그래서 공터에서 돌보고 있어. 근데 벌써 두 마리나 죽었어. 그래서 묻어 주고 왔어."

김도영은 필사적으로 눈물을 참는 표정이었다. 예상치 못한 대답에 순간 할 말을 잃었다. 침묵 끝에 나는 작은 목소리로 김도영에게 물었다.

"……그럼 왜 후문으로 다닌 거야?"

"우리 집이 그쪽에서 가까우니까. 정문으로 돌아가려면 십 분은 더 걸리니까."

"그럼 말을 했어야지. 우리 CCTV 본 날. 네가 후문 넘어 다니는 거에 대해서."

"그래야 하는지 생각을 못 했어."

"왜 생각을 못 해? 일찍 오는 사람을 용의선상에 올렸는데 후문으로도 다닐 가능성을 알았다면 그쪽도 염두에 뒀을 거잖아."

"그냥 너무 오랜 습관이라 새삼 생각을 못 했다고."

나와 김도영의 대화가 격앙되자 안절부절못하던 지유가 끼어들었다.

"그만, 그만. 이렇게 싸우면 안 돼. 김도영은 절대 아니야. 락영이가 나 때문에 속상해서 그러는 거야. 김도영 화내지 마. 내가 미안해. 다 나 때문이야."

지유가 사과했다. 억울했다. 나도 김도영이 범인이라고 단정한 적 없다. 가능성을 확실히 제거해 버리고 싶었던 것뿐이다. 단도직입적으로 물을 생각도 없었다. 처음으로 지유가 미워졌다. 무언가를 돌이킬 수 없게 엉망으로 만들어 버렸다.

"락영아, 고양이를 돌보는 사람이 남에게 그렇게 상처가 되는 행동을 할 리 없잖아."

그것이야말로 순진하고 바보 같은 생각이다. 인간의 마음에 설명할 수 없는 지점이 얼마나 많은데. 좁고 어두운 골목길처럼 우리는 늘 그 안에서 길을 잃고 갇힌다. 누구보다 더 '김도영은 아니야.' 하고 외치고 싶었던 건 나다. 여전히 혼란스러웠지만 한 가지는 알 수 있었다. 나는 김도영에게 상처를 줬다.

그날 이후로 김도영은 내게 말 걸지 않았다. 나도 김도영에게 말을 걸 수 없었다. 아침에 일찍 등교하는 일도 그만뒀다. 김도영과 지유는 서로 얘기를 나누고 여전히 일찍 등교하는 모양이었다. 궤도를 벗어난 우주선처럼 홀로 외로워져 갔다. 지구와는 점점 더 멀어졌고 나는 제자리로 돌아갈 방법을 알지 못했다.

10. 궤도에서 벗어난 사람들에 대해

아빠가 집에 들어오지 않은 지 삼 일째다. 너무 늦으면 가게에 딸린 방에서 자기도 했지만 삼 일씩이나 집에 들어오지 않은 건 처음이다. 아침마다 소파 위에 애벌레처럼 이불을 말고 누워 있던 아빠의 모습에 익숙해지기까지 꽤 오랜 시간이 걸렸는데 이젠 텅 빈 소파에 익숙해져야 하나. 엄마는 아빠의 외박을 마치 일어나지 않은 일인 양 굴었다. 그것이 엄마가 문제를 회피하는 방식이라는 건 예전부터 알고 있었다. 엄마는 이 집에 엄마와 나 단둘만 살았던 것처럼 군다. 이번 싸움은 오래가려나 보다.

"요샌 학교 일찍 안 가?"

엄마가 푸석해진 얼굴에 로션을 듬뿍 바르며 물었다. 시간은 벌써 일곱 시 반을 지나고 있는데 서두르고 싶은 마음이 들지 않는다. 식은 국에 밥을 말아 천천히 떠먹었다. 등을 식탁 의자에 기대고 수저를 대충 쥔 채로 건성건성. 먹는 행위라기보다는 학교에 가야 하는 다음 행위를 지연시키기 위한 제스처일 뿐이었다. 그러면서 나도 모르게 생각했다. '낙이 없어……'

정말 그랬다. 그런데 이 기분에 쉽게 동의하기 어려웠다. 중학교 삼 년, 고등학교 이 년, 총 오 년 동안 학교생활이 즐거웠던 적은 거의 없었다. 학교는 그냥 가는 곳이다. 대학을 가기 위해 점수를 따고 대입을 위해 지식을 얻는 곳. 교실에서 아이들은 자기의 내신 등급이나 가정환경, 사회성 등을 기반으로 적당한 무리를 형성하고 그 안에서 안도하며 학교생활을 견딘다. 나는 나름 원만하게 지내왔지만 집에 돌아와 혼자 있을 때 가장 편안했다.

새삼스러울 게 없는데 왜 외로운 기분이 드는지 모르겠다. 김도영과 말을 할 수 없다는 것만으로, 더 이상 이른 아침 시간을 셋이 함께 보내지 않는 것만으로, 싱겁기 그지없는 고교 탐정 놀이를 중단한 것만으로 외딴섬이 되어 버린 기분이다. 지유가 원망스러웠다. 왜 스카에서 내게 말을 걸었는지. 그때로 돌아갈 수만 있다면 지유의 모든 질문에 조개처럼 입을 꾹 다물고 대답해 주지 않을 텐데. 지유-나-김도영으로 연결되었던 그 짧은 시간이, 잃고 나면 이리 큰 구멍이 될 줄 알았다면 스누피 커피우유도 받아 마시지 않았을 텐데.

"얼른 먹고 가. 요새 학교,"

"엄마, 아빠랑 왜 싸웠어?"

엄마에게 질문을 던진 건 그냥 내게로 오는 관심을 피하기 위해서였다. 보통 이런 질문을 던지면 엄마는 마치 래퍼처럼 초당 다섯 단어 정도의 속도로 아빠 욕을 하곤 했다. 그래 놓고는 '그래도 사람은 착해.' 식의 하나 마나 한 수습 또한 잊지 않았다. 하지만 이번에는 아니었다. 나의 질문에 렉 걸린 컴퓨터처럼 멈춰 버리더니 먼저 나가 버렸다. 텅 빈 집 안에서 식다 못해 차가워진 국을 앞에 두고, 아빠도 엄마도 나도 제각기 깜깜하고 넓은 우주를 유영하는 교신 끊긴 우주선 같다고 생각했다.

학교가 끝나고 첼시 호텔로 향한 건 엄마와 아침에 있었던 일 때문만은 아니었다. 그럴 리야 없겠지만 아빠에게 무슨 일이 있는 건 아닌지 걱정되는 마음도 있었다. 자꾸 아빠 가게에서 야식을 먹으니 얼굴이 달덩이가 되는 것 같아 한동안 걸음하지 않았다. 아빠 얼굴만 보고 나올 셈이었다. 하지만 문을 열었을 때 매캐한 연기와 천장의 스프링클러에서 비처럼 내리는 물과 엉망진창이 된 가게 꼴과 맞닥뜨렸고, 그것을 보고 그냥 나올 수는 없었다.

생쥐처럼 홀짝 젖은 사람들은 깔깔 웃어 댔다. 가게의 모든 의자와 테이블은 소화기에서 나온 흰 분말과 물이 뒤섞여 밀가루 반죽 같은 걸 뒤집어쓰고 있었다. 안 그래도 썩은 마룻바닥은 물에 불어 곧 무너져 버릴 것 같았다. 저 아래에는 무엇이 있을까.

다른 차원과 연결되어 있는지도 모른다. 예컨대 이십 년 동안 사람들이 흘린 땅콩 무더기라든지 엄마가 오래전에 부른 노랫소리라든지 젊은 날의 아빠 그림자 같은 게 잔뜩 쌓여 있는 거다.

"진짜 락영이 니가 그 장면을 봤어야 하는데."

세라 언니가 웃음을 멈추지 못하며 간신히 말했다.

"오늘 장사 다 했네."

젖은 수건으로 의자와 테이블을 닦는 아빠의 표정은 허탈했다. 다들 물티슈며 두루마리 휴지를 동원해 엉망이 된 가게를 치우고 있었지만 그저 허우적거리는 것처럼 보였다.

"그러니까 누가 여기서 삼겹살을 구워 먹재?"

"다들 좋다며. 이거 사 온 사람 누구야? 선생님 아니에요? 제가 사 왔어요?"

세라 언니와 연극배우 아저씨는 티격태격했고 고작 언니는 창문을 모두 열어젖혔다. 그제야 새까맣게 타 버린 삼겹살 조각들이 눈에 들어왔다. 이 인간들은 월요일이라 손님이 없다는 핑계로 소주에 삼겹살을 먹자고 의기투합하여 남의 영업장을 물바다로 만든 거다. 물론 그런 제안을 수락한 아빠가 제일 문제다. 아빠는 도대체가 '안 돼.'라는 말을 못 한다.

"락영이 얼굴 봐, 완전 심각해."

"당연하지, 자기가 물려받을 가게가 이렇게 훼손됐는데."

"누가 가게를 물려받아요!"

나도 모르게 소리를 빽 질렀다. 이딴 가게를 내가 왜 당연히 물려받을 거라 생각하는지 이해 불가다.

"됐고, 안쪽에서 신문지나 좀 가져와. 나머진 내가 문 닫고 천천히 치우면 돼."

아빠의 말에 세라 언니는 잽싸게 안쪽으로 들어가 신문지를 한아름 들고 나왔다. 아빠는 신문지를 바닥에 펴기 시작했다. 바닥이 축축해 몇 겹을 깔아야 했다. 그러고는 불판을 가운데다 놓고 고기와 소주를 놓았다. 사람들이 불판을 중심으로 둘러앉았다. 설마 다시 삼겹살을 구워 먹겠다고? 다들 제정신인가.

"락영아, 너도 앉아. 먹고 가."

아빠가 내게 손짓했다.

"불난 지 몇 분이나 지났다고 또 고기를 구워 먹겠다는 거야?"

"아까는 노래 바꿔 튼다고 옥신각신하느라 불판을 못 봐서 그래. 이제 잘 볼 거니까 괜찮아."

"하나도 안 괜찮아 보여."

"안 괜찮아 보여도 사실 괜찮을 때 많잖아."

불판 위 삼겹살이 구워지며 고소한 냄새를 풍겼다. 다들 아무 일도 없었던 것처럼, 아니 그런 일 따위 아무런 문제도 되지 않는다는 것처럼 고기에만 집중하고 있었다. 이 안에 있으면 나만 이상한 사람이 되는 듯했다. 집에 삼 일이나 안 들어온 주제에, 가게는 홀랑 태워 먹을 뻔한 주제에 여유로운 척은 혼자 다 하고.

"안 먹어!"

소리를 냅다 지르고 가게를 빠져나왔다. 아직 사춘기라는 둥 귀엽다는 둥 짜증 나는 소리가 열린 문 밖으로 따라 나왔다.

"락영아!"

뒤따라온 아빠가 나를 잡았다. 있는 힘껏 아빠 손을 뿌리쳤다.

"불난 거 아니야. 삼겹살이 타서 연기 때문에 스프링클러가 돌아간 거야. 사람들이 놀라서 소화기 뿌린 거고."

"불난 거나 불날 뻔한 거나, 그게 그거 아니야?"

"그래, 아빠가 잘못했어. 앞으로 조심할게."

"거짓말하지 마! 똑같이 할 거잖아!"

"왜 이렇게 화가 났어?"

"집에는 왜 안 들어오는데?"

그 순간 눈물이 주르륵 흐를 것 같아 어금니를 꽉 깨물었다. 그제야 아빠가 집에 삼 일이나 들어오지 않아 내가 많이 불안하고 두려워하고 있었음을 깨달았다.

"아빠가 좀 생각할 게 있어서 그랬어. 오늘은 들어갈 거야. 락영이, 많이 속상해?"

아빠가 나를 안아 줬다. 뿌리치려다가 타이밍을 놓쳤다. 유흥

가 한복판에서 교복 입은 여자애와 중년의 남자가 부둥켜안고 있는 것을 목격한 시민들은 뚫어져라 우리를 쳐다봤다. 너무 쪽팔렸다. 그렇지만 밀어 내고 실랑이를 하면 더 이상하게 쳐다볼 것 같아 눈을 꾹 감아 버렸다.

그날 밤, 엄마가 혼자 맥주 캔 따는 소리를 듣다 황당한 짓을 저질러 버렸다. 김도영에게 디엠을 보낸 것이다. 팔로우는 전부터 하고 있어서 김도영이 올린 트윗들은 전부 보고 있었다.

인간은 바라는 것을 기꺼이 믿는다._율리우스 카이사르

오늘 올라온 이 트윗을 보고 걔가 나에 대해 어떻게 생각하고 있는지 알 수 있었다. 하지만 나는 정말로 김도영이 어부이길 바란 적이 없다. 걔가 어부가 아님을 확신하기 위해 어쩔 수 없이 가능성을 제시한 것이다. 김도영이 그 가능성을 하나하나 명료하게 제거해 주기를 바랐다. 하지만 김도영은 그렇게 받아들이지 않았다. 좀 더 깊은 차원의 이야기가 필요하다. 그렇다고 왜 메시지를, 그것도 내가 아닌 척 보냈는지는 잘 설명할 수 없다.

새벽 한 시였고, 집에 돌아오니 엄마는 맥주를 마시고 있었고, 오늘은 들어온다던 아빠는 없었고, 김도영이 트윗을 올리는 바람에 걔가 깨어 있다는 것을 알았고, 나는 잠이 오지 않았다.

▷앙뇽하세요

▷피아노 연주 넘 좋아영. 트윗 잘 보고 있어요. 몇 살이세요? 전 고 2ㅜㅜ

▷현생 망한 주제에 새벽에 쪽지 보내고 뻘짓해서 죄송합니다...

최대한 내 말투와 다르게 메시지를 작성했다. 내가 나임을 알면 김도영이 바로 차단해 버릴 테니까. 잠시 후 김도영에게서 답장이 왔다.

▶앗 악기 하나 연주할 줄 알면 입시 때 좋대서 연습하는 거예요. 어쩌다 저를 팔로우 하셨어요?

▷추천에 떴어요. 알 수 없는 알고리즘……. 무슨 과 지망?

▶연영과.ㅋ 활동은 거의 안 하시나 봐요. 거의 리트윗.

▷스파이 계정이죠. 후훗.

내 계정에는 책, 영화, 연극, 만화, 지브리 애니메이션과 관련된 리트윗뿐이다. 김도영 계정을 구경하고 팔로우 리스트를 따라가다 보니 그쪽으로 연관 추천이 떴고 또 따라가다 보니 내 계정은 김도영 취향들로 채워졌다. 김도영의 취향을 좇다 보면 새로운 것들을 만난다. 교실에서의 조용한 김도영과는 또 다른 김도영을 새롭게 알아 간다. 그리고 내가 잃은 것이 무엇인지 뒤늦게 깨닫는다. 섣부르게 의심을 드러내 김도영과 김도영의 세계를 전부 잃었다. 그걸 받아들일 수 없는 나는 다른 사람인 척 김도영에게 접근한다.

김도영과 디엠으로 한 시간 넘게 대화를 나눴다. 어쩌다 보니 말을 놓았고, 수험생이라는 이상하고도 괴로운 시간에 대해 이야기를 나눴다. 김도영이 다니는 학교를 물어서 나는 중학교 때 친구가 다니는 학교 이름으로 대답했다. 김도영은 근처 학교라며 매우 신기해했다. 자기 친구도 거길 다닌다며 누구누구를 아냐고도 물어 왔다. 나는 알아도 모른다고 답했다.

▶좋은 대답이야. 알아도 모르는 거야, 누구든.

김도영의 말에 조금 죄책감이 덜어졌다. 어차피 우리는 알아도 모르는 사이.

한참 수다를 떨고 인사를 한 후 자려고 누웠는데 몸이 공중으로 붕 뜬 것처럼 느껴졌다. 바닥에서 3센티미터쯤 뜬 상태로 달릴 수 있을 것 같고 온몸이 깃털로 이루어진 것처럼 간지러운 기분이었다. 입꼬리가 자꾸 올라가 턱에 경련이 올 지경이었다. 이런 낯선 기분은 처음이다. 김도영과 멀어져서 슬프고 김도영과 이야기하면 즐겁고 김도영에게 상처를 줘 미안하고 김도영과 연결되길 바라는 마음. 연결되고 싶다는 마음을 깨닫자 이게 혹시 사람들이 말하는 '짝사랑'이란 것에 근접한 무언가인가 싶었다. 이럴 수가……. 안 돼, 안 되는데…… 안 되나…… 안 되나요?

"내가 혼자 가장이야? 당신, 이기적이고 무책임한 거 알고는 있어?"

엄마의 고함 소리가 들린 건 새벽 세 시였다. 잠이 막 들려고 할 때였다. 벌떡 일어나 방문에 귀를 갖다 댔다.

"생각해 본다고 했잖아."

"죽을 때까지 생각하려고? 생각하나 마나 아니야?"

"그게 그렇게 쉽지가 않아."

"나는 쉽게 이야기한 것 같아?"

긴 침묵. 다시 맥주 캔 따는 소리.

"락영 엄마. 이십 년을 한 가게야. 위기를 몇 번이나 견뎠고."

"위기를 견딘 게 아니고 쭉 위기 상태인 거야. 거기서 나오는 수입보다 편의점 알바를 하는 게 나을 정도야."

"그건 미안하게 생각해. 그래도 늘 적자는 아니잖아. 조금 더 나올 때도 있고."

"당신 나이도 생각해야지. 오십 대에, 매일 해도 못 보고, 밤낮이 바뀌어서 손님들이랑 술 마시고……. 언제 쓰러진대도 이상하지 않아. 내년에 락영이 대학 가. 쟤 외동이야. 우리가 오래오래 버팀목 해 줘야지. 원하는 사람 있을 때 가게 넘기고 제발 다른 일 찾자, 여보. 이번 기회 아니면 다음은 없을지 몰라."

"우리 손님들은? 첼시 호텔에 오던 사람들은 다 어디로 가?"

"그걸 당신이 왜 걱정해? 세상에 술집이 거기밖에 없어?"

"인간이라면 찾아갈 장소 한 군데쯤은 있어야 하지 않냐고, 첼시 호텔이 우리 손님들한테 그런 장소라고 맨 처음 말한 건 당신이야. 돈은 못 벌어도 당신이 해 준 그 말이 나한테는 보람이고 자긍심이었어."

"그때랑 지금이랑 같아? 가치관은 나이에 따라 변하는 거야. 현실을 좀 봐. 아파트에서도 살아 보고 락영이 결혼할 때 보태 줄 자금도 모아야지. 우리 노후 대비도 안 돼 있고, 하루살이처럼 살고 있어. 누군가 와서 머물다 갈 장소를 마련해 주려다가 우리가 망하게 생겼다고."

둘 사이 갈등의 이유를 명확하게 알 수 있었다. 아빠가 술집 주인이 아니라 회사원이길 간절히 바란 시간도 있었는데, 첼시 호텔이 사라질 수도 있다니 이상한 기분이 들었다. 울음 섞인 엄마의 말에 아빠는 맥주만 마셨다. 처음으로 나도 맥주를 벌컥벌컥 마시고 싶다는 생각이 들었다.

11. 여름의 마음은 여름만이 알 수 있는 것

    별다른 사건 없이 시간이 지나갔다. 김도영과는 여전히 어색한 상태였고 지유는 우리 둘을 화해시키기 위해 여러모로 애썼다. 하지만 상황은 점점 나빠졌다. 내가 김도영을 추궁한 것이 학교에 알려지며 아이들은 김도영을 슬슬 피했고 뒤에서 수군댔다. 아이들은 직접 묻지는 않고 이런저런 추측만 했다. 김도영이 그날 공터에서 뭘 했는지, 왜 그렇게 늘 일찍 등교했는지. 고양이를 돌봤다는 말을 대놓고 비웃는 애들도 있었다. 진실은 김도영의 입에 달려 있었고 그걸 믿을지 말지는 각자의 판단이었다.

    그런 와중에도 나는 거의 밤마다 X에서 김도영과 디엠을 주고받았다. 학교에서의 거리감을 온라인 대화로 메꿔야 내 마음이 편했다. 온라인상에서의 김도영은 간간이 학교에서의 일을 내게 말했다. 가끔 아이들의 표정에 숨 막혀서 학교 밖으로 뛰어나가는 상상을 한다고 했다.(지금 그 일의 원인 제공자와 대화 중인 걸 알면 어떤 기분일까.) 잘 지내던 아이와 멀어져 괴롭다고도 했다.(나일까?) 갑작스레 타인의 사생활에 관한 고백을 들었다고도 했다.(지유일까?) 사랑은 곧 상대에 대한 깊은 연민이라는데 과연 그게 맞는지 모르겠다고도 했다.(고양이 이야긴가?)

나는 김도영이 좋으면서 미웠다. 온라인상에서의 김도영은 다정하지만 현실에서의 김도영은 차갑다. 사과를 하려 해도 좀처럼 기회가 주어지지 않았다. 그런데 무엇부터 사과를 해야 할까? 모두의 앞에서 추궁한 것? 일말이라도 김도영에게서 어부의 가능성을 발견한 것? 온라인에서 다른 사람인 척 접근한 것? 어렵다.

그러는 사이 7월 기말고사가 끝났고 2주간의 짧은 여름방학이 코앞에 다가왔다. 어부도 학기 말이라 내신 관리에 바쁜지 나타나지 않았다. 성적을 확인하니 공부를 평소보다 안 한 것치곤 괜찮았다. 운이 좋았다.

"이대로 그냥 지나갈 수 없어. 한 번뿐인 열여덟 살 여름방학인데."

종업식 날, 하교하려는데 지유가 내 가방을 잡아당기며 말했다. 작은 애가 힘은 무지 세서 나는 지유가 잡아당기는 대로 질질 끌려갔다.

"떠나자. 오늘 하루만 대한민국 수험생 아닌 것처럼 놀아 보자."

"가긴 어딜 간다는 거야?"

"한강 가자. 자전거도 타고 물도 보고 바람도 쐬고 컵라면도 먹고."

"이 날씨에 무슨 자전거? 그리고 뭐, 라면? 승천하겠다."

"그게 낭만이지. 심락영, 넌 뭘 몰라. 다섯 시에 종각역 집합이다. 1번 출구. 늦지 마."

지유는 자기 할 말만 하고 쌩하니 사라졌다. 집에 돌아와 망설이다 옷을 갈아입었다. 어차피 오늘은 공부가 될 것 같지도 않다. 365일 중 하루쯤은 놀아도 되겠지. 무릎까지 오는 반바지와 티셔츠를 입고 발목이 긴 양말에 빨간 스니커즈를 신었다. 자전거라면 두 손 두 발을 다 놓고도 백 미터는 갈 수 있다. 뭔가를 시작하면 끝장을 보는 성격 덕에 나는 자전거를 매우 잘 탄다. 보여 줄게, 완전히 새로운 나.

하지만 종각역에 도착했을 때 나는 두 번 놀라게 된다. 하나는 지유가 머리부터 발끝까지 꾸꾸꾸로 나타난 것. 치마에 블라우스? 풀 메이크업? 샌들? 자전거 탄다더니 뭐 하자는 거? 저래서야 페달을 구를 수나 있겠냐고. 더 놀라운 건 김도영이 여기 나타났다는 것이었다. 헐렁한 트레이닝 바지에 티셔츠를 입은 걸 보니 자전거를 탈 마음의 자세는 되어 있었다. 김도영과 나의 차림새가 비슷한 데에 안도감을 느꼈고 조금 기쁘기까지 했다.

"소개팅 나가냐?"

앞서가는 김도영을 따라가며 어금니를 꽉 깨물고 지유에게 물었다.

"너무 오랜만의 외출이라 신나서 오버했어."

"자전거 탄다며."

"안에 반바지 입었어."

"……그나저나 김도영은 갑자기 어쩌다?"

"갑자기는 아니고, 내가 부른 거야. 계속 어색한 사이로 지낼 수는 없잖아. 오늘 화해해. 너 나온다고 말했는데 온 걸 보면 재화 풀렸어."

김도영은 앞만 보고 걸어갔다. 다른 사람들보다 머리 하나는 커서 부표가 둥둥 떠 있는 것처럼 보인다. 따라가기는 좋다. 우리 셋은 별다른 말 없이 지하철을 타고 한강을 건넜다. 김도영은 지하철 좌석 맞은편에 앉아 폰만 보고 있었다. 혹시나 해서 X에 접속해 보니 김도영도 활동 중이었다.

차마 말은 걸지 못하고 눈앞의 김도영과 온라인상의 김도영을 번갈아 보기만 했다. 지금 X에서 김도영에게 말을 걸면 반갑게 이야기해 줄 것을 안다. 하지만 그건 내 눈앞의 진짜 김도영이 아니다. 온라인상에서의 김도영이 진짜 김도영이 아닌 이유는 내가 먼저 가짜였기 때문이다. 그 안에서 아무리 많은 이야기를 나누고 친해진다 한들 서로에게 영영 가닿을 수 없다. 그것을 깨닫자 나는 조금 슬퍼졌다.

땀을 뻘뻘 흘리며 타는 자전거는 고역이었다. 극기 훈련을 하는 것 같았다. 그래도 나는 멀리멀리 달렸다. 페달을 밟고 밟다 보면 하늘로 날아오를 수 있는 것처럼. 학교-학원-스카-집으로 쳇바퀴 돌듯 반복되는 일상을 오늘만큼은 뭉개 버리겠다는 각오로 내달렸다. 심장이 터지기 직전에 멈춰서 자전거를 대충 던져두고 한강 대교 아래 풀밭에 냅다 누워 버렸다.

잠시 후 김도영이 도착해 같은 곳에 자전거를 세우고 옆에 앉았다.

"와 너 선수였냐?"

김도영은 물을 꺼내 마신 뒤 자기 머리에다 철철 부었다. 티셔츠가 죄다 젖어 버렸지만 개의치 않는 듯했다. 거의 한 달 만이었다. 내게 말을 건 것이. 나는 물을 마시며 김도영이 눈치 못 채게 혼자 흐흐 웃었다.

"미쳤어! 풀밭에 막 눕고 그러면 큰일 나! 살인 진드기 몰라?"

뒤늦게 도착한 지유가 숨에 차 헥헥거리면서도 잔소리를 했다. 지금 기분으론 살인 진드기에 물려도 웃으면서 죽을 수 있다.

"아유 모르겠다. 죽겠다."

지유도 내 옆에 벌러덩 누웠다.

"치마 입고 뭐야. 그러다 다 보여."

"보라고. 반바지 입었다고."

우리의 대화를 들은 김도영이 가방에서 돗자리를 꺼내 지유에게 던졌다. 지유는 돗자리를 펴서 이불처럼 덮었다. 느릿느릿 흘러가는 구름과 일찍 나온 낮달 사이로 미지근한 바람이 불었다. 비릿한 물 냄새가 나는 습한 바람이었다. 머리 위로 덜컹이며 지하철이 지나갔다. 시간의 마디를 새기는 듯 낮고 규칙적인 리듬이었다. 초록색 나무 이파리가 바람에 흔들리며 빛의 파편들을 잘게 부수었다. 너무 반짝거려 눈을 감았다. 눈을 감아도 빛의 떨림이 느껴졌다. 그것은 천천히 일렁이며 눈 안쪽을 조심스럽고 따스하게 데웠다. 아주 멀리 와 있는 기분이 들었다. 왜인지 모르게 조금 눈물이 났다.

그 순간 나는 깨달았다. 내가 김도영을 많이 좋아하고 있다는 걸.

그 마음을 깨닫고 난 후부터 김도영을 똑바로 바라볼 수 없게 됐다. 숨을 돌리고 라면을 사 오는 동안에도 심장은 고장 난 듯 불규칙하게 뛰었다. 날씨가 더워서인지, 김도영이 근처에 있어서인지 얼굴이 홧홧 달아올랐다.

"락영아, 너 얼굴 탔다. 선크림 안 발랐어?"

지유의 걱정에 차라리 그을린 것처럼 보여 다행이라고 안도했다. 땀이 뚝뚝 떨어져 더 짭조름해진 라면을 먹으면서도 내 온 신경은 오른쪽에 앉은 김도영에게 향했다. 김도영이 말을 하면 내 존재 자체가 확성기가 된 듯했고 김도영이 움직이면 거대한 카메라가 된 듯했다. 그 애의 일거수일투족에 나의 산소포화도와 맥박, 체온, 심박수가 요동쳤다. 좋아한다는 마음을 자각한 것만으로 이렇게 되어 버리다니.

하늘은 서서히 붉은빛으로 변해 갔고 김도영의 옆얼굴도 함께 노을에 물들었다. 우리는 가는 막대기로 된 스파클러를 사 와 아이스크림을 하나씩 입에 문 채 불꽃놀이를 했다. 타닥이는 소리를 내며 불꽃이 반짝였고 우리는 스파클러를 빙글빙글 돌리거나 글자를 써 가며 서로 사진을 찍어 줬다.

김도영을 바라보느라 녹는지도 몰랐던 아이스크림이 팔꿈치까지 흘러 끈적끈적해졌다. 휴지로 손과 팔을 닦으려는데 닦이기는커녕 피부에 휴지 조각만 잔뜩 붙었다. 김도영이 큭큭 웃더니 편의점에서 생수를 한 병 사 와 팔에 부어 줬다. 내가 휴지 조각을 잘 떼어 내지 못하자 김도영이 손바닥으로 내 팔을 슥 문질렀다. 대기 중에 둥둥 떠다니던 달콤한 바닐라 향이 코끝을 간질여 다시 얼굴이 뜨거워졌다.

"뭣들 하는 거야? 마시는 물로 아깝게."

지유가 끼어들어 물티슈로 내 팔을 닦아 줬다.

"물티슈 있으면 진작 주지."

괜히 민망해서 한마디 했다. 김도영은 남은 생수를 벌컥벌컥 마셔 버렸다.

"그때 공터에서 돌보던 고양이들…… 사진은 없어?"

망설이다 김도영에게 말을 걸었다.

"없어. 누가 다 데려가 버렸어."

괜한 질문을 했다.

"미안해."

"뭐가?"

"그냥 전부 다."

의심한 것부터 고양이 질문한 것까지 전부 다.

대답 대신 김도영은 새 스파클러에 불을 붙여 내게 건넸다. 작은 불꽃은 어둠 속에서 놀랍도록 환하게 빛나서 나는 순식간에 그 애가 건넨 빛의 한가운데 머물 수 있었다.

12. 널 미워해

방학 내내 패닉에 빠진 두더지처럼 여기저기 구멍만 파 대며 시간을 흘려보냈다. 노을에 물들었던 김도영의 옆모습만 자꾸 떠올랐다. 한강에 다녀온 다음 날 김도영은 X에 우리 세 사람의 그림자 사진을 올렸다. 강물도 일몰의 풍경도 반짝이던 불꽃도 아닌 그림자를 올렸다는 점이 김도영다웠다. 사진에 달린 코멘트는 '여름의 흐름.' 여름의 흐름 따위 말고 내 마음의 흐름이나 알아주면 좋을 텐데.

그날 이후로 왠지 김도영에게 디엠을 보낼 수 없었다. 더 이상 내가 아닌 척하며 말을 걸 수 없었다. 이제 다시 말을 하는 사이이니 언젠가는 웃으며 그게 나였다고 털어놓고 싶은데, 그런 마음이 들자 더더욱 내가 아닌 척하기 껄끄러웠다. 아직은 어색하지만 좀 더 시간이 흐르면, 왜 화해할 마음이 든 거냐고도 물어보고 싶었다.

그리고 내 마음이 준비가 되면 고백도 하고 싶다. 그럼 김도영은 어떤 표정을 지을까. 그 얼굴을 보기 위해서라도 꼭 마주하고 고백해야지. '좋아해.' 아니면 '나랑 사귀자.' 혹은 '네가 자꾸 신경 쓰여.' 망상의 끝에 나는 이불을 뒤집어쓰고 아아악 소리를 질렀다. 상상만으로도 영혼이 탈탈 털리는 기분이었다. 이토록 겁이 많고 찌질하고 집요한 게 나였구나. 안녕, 짝사랑하는 나. 근데 이런 내가 싫지 않다. 머리부터 발끝까지 어떤 감정의 웅덩이에 푹 잠겨 버린 이 몰입감. 그 웅덩이에 빠져 죽어도 괜찮을 것만 같은 이상스러운 충만감. 완전 망했다. 멋진 대학생이 되어 머리부터 발끝까지 변신 후 쿨하게 연애를 시작하는 것이 인생 계획이었는데. 내 인생은 드럽게 말 안 듣는 문제 학생과도 같구나.

그 와중에도 아빠와 엄마는 쉴 새 없이 싸웠다. 엄마는 기다려 줄 마음이 없어 보였고 아빠는 시간이 필요하다 했다. 반복되는 다툼과 협의, 결렬을 지켜보던 나까지 지쳐 버렸다. 아빠가 가게에서 자는 날들이 많아졌다. 엄마는 매일 아침 마네킹 같은 얼굴로 내 밥상을 차려 줬고 매일 저녁 나사 빠진 로봇처럼 삐걱이며 퇴근을 했다. 그래서인지 내가 자주 스카를 빠지는 것도 모르는 눈치였다.

개학 하루 전 지유에게서 스카에 잠깐 들르겠다고 연락이 왔다. 내가 방학을 불사르며 공부하고 있다고 생각하나 보다. 잘됐다. 지유에게 상담을 해 보는 것도 나쁘지 않을 듯하다. 지유는 나와 달리 연애란 걸 좀 해 봐서 쓸 만한 조언을 들을 수 있을지 모른다. 집에서 입던 옷 그대로 슬리퍼만 질질 끌고 스카로 향했다. 지유는 시원해 보이는 푸른색 끈 나시 원피스를 입고 편의점 앞에 서 있었다.

"나 따위를 만나러 오는데 원피스를?"

"예뻐?"

"……아이스크림?"

바닐라 맛의 콘 아이스크림을 두 개 사서 편의점 앞 의자에 앉았다. 한강에 다녀온 이후로 늘 그 아이스크림을 사 먹는다. 바닐라 향을 맡으면 그날의 그 순간이 단박에 소환된다. 잊고 싶지 않은 순간이 바닐라 향이라 다행이라고도 생각한다.

"락영이는 방학 때 뭐 했어?"

"너무 짧아서 뭘 했는지도 모르겠어."

"에이, 공부 열심히 했을 거면서 얌체 같은 말 하고 있어."

"아니야, 진짜 공부 하나도 못 했어. 자꾸 다른 생각이 나서."

"무슨 생각?"

이 타이밍인가, 내가 김도영을 좋아한다고 말할 기회. 하지만 입이 떨어지질 않았다. 조금 있다 말하기로 하고 지유의 근황부터 물었다. 지유는 대답을 유예한 채 아이스크림을 날름날름 핥았다. 나는 녹아내리는 아이스크림을 주체하지 못하며, 덥다는 생각을 하고 있었다.

"나 연애해."

지유의 말에 놀라서 아이스크림을 한 입에 쑤셔 넣었다. 지유가 이어 말했다.

"김도영이랑."

켁켁. 입안에 가득 찬 아이스크림이 너무 차갑고 달아 잘 삼켜지지 않았다. 지유는 재빠르게 가방에서 물티슈를 꺼내 건네고는 편의점에서 생수 한 병을 사 왔다.

"천천히 먹어. 아이스크림이 그렇게 좋냐? 하나 더 사 줘?"

고개를 흔들고 입안의 것들을 간신히 삼켰다. 물과 섞인 아이스크림은 토할 것 같은 맛이었다. 집에 가고 싶었다. 지유의 뒷말을 듣고 싶지 않았다.

"사실 처음엔 관심 없는데 볼수록 애가 괜찮잖아. 나한테 잘해 주기도 하고 이야기도 되게 잘 들어 줘. 얘가 좋다, 이런 마음은 잘 모르겠어. 근데 계속 신경이 쓰이더라."

지유는 상기되어 있었다. 지유의 아이스크림은 천천히 먹는데도 다 녹지 않았다. 내가 모르는 아이스크림 먹는 요령이 있나 보다.

"우리 같이 한강 갔다 온 날. 그날 아침에 내가 걔한테 언제까지 락영이랑 말 안 하고 지낼 거냐, 락영이도 미안해하고 있다, 한강 가기로 했는데 생각 있으면 종각역으로 다섯 시까지 나오라 그랬거든. 사실 큰 기대는 안 했지. 근데 걔가 딱 나와 있는 거야. 거기서 걔를 보는 순간 이상하게 반갑고 좋더라고. 그래서 그날 고백했어."

"……뭐라고 했는데?"

"나랑 사귀자고."

"그게 끝?"

알고 싶지 않은데 알고 싶다. 세세한 부분까지 굳이 듣고 싶지 않은데 듣고 싶다. 마치 입안에 돋은 혓바늘을 따가워도 자꾸 확인하는 마음처럼.

"도영이가 생각 좀 해 보겠다 그러더니 며칠 전에, 만나 보자고 하더라고."

내가 김도영에게 하고 싶던 말을 지유가 먼저 해 버렸다. 그리고 둘은 이제 사귀는 사이다. 내가 김도영에 대해 생각하고 있을 때 김도영은 정지유에 대해 생각하고 있었다.

"우리 셋이 친했는데 이렇게 둘이 사귀는 사이가 돼서 미안해. 그래도 예전처럼 셋이 같이 잘 다니자."

"그래, 축하해."

가까스로 해야 할 말을 했다. 그 말을 들은 지유는 정오의 해바라기처럼 환하게 웃었다.

"그래도 김도영보다 널 훨씬훨씬 더 좋아하는 거 알지?"

"개소리 그만."

"심락영 귀여워. 으이구."

지유가 양손으로 내 두 뺨을 잡고 흔들었다. 지유에게서도 바닐라 향이 났다. 죽을 때까지 다시는 바닐라 아이스크림은 먹지 않을 거란 확신이 들었다.

"공부 방해해서 미안해. 나 이제 가 볼게."

"어 어, 그래."

지유는 이제 김도영을 만나러 간다고 말했다. 사랑에 빠진 소녀답게 눈동자에서 반짝반짝 빛이 났고 웃을 때마다 볼우물이 폭 파여 지유의 모든 게 사랑스러워 보인다. 아마 내가 김도영이라도 지유를 좋아했을 거다. 사랑하고 사랑받는 게 자연스러우려면 특별한 유전자가 있어야 하는지도 모른다. 좋아하는 애를 의심하고 뒤에서 음침하게 SNS로 말이나 거는 나 같은 애는 평생이 가도 불가능한 일일 거다.

이제 알겠다. 내가 어떤 사람인지.

인간은 실패를 통해 내가 누구인지 깨닫는다.

개학 날이 되었다. 거의 한숨도 자지 못했다. 이제부터 매일 정지유와 김도영이 붙어 있는 모습을 보아야 한다. 김도영을 향해 마구 달려가던 이 마음을 붙잡아 어딘가에 가두어 부피를 줄인 후 마침내는 사라지도록 해야 한다. 마음이라는 걸 종이처럼 아주 작게 접어 멀리 튕겨 버릴 수 있으면 좋겠다. 박박 찢어 버리거나 나 자신도 못 보게 불태워 버리거나.

결국 가둘지 못할 내 마음을 가여워하기엔 현실이 너무 코앞이다. 2학년 2학기, 내가 할 것은 공부뿐이다. 내가 도망칠 곳도 공부뿐이다. 잠깐 삐끗했지만 아직 내가 정한 삶의 방향에서 크게 이탈하지 않았다. 시간이 흐르면 이 괴로움도 다 우스울 거다. 짧고 짧은 풋사랑, 아니 사랑이란 말을 붙이기도 애매했던 감정. 최면을 걸듯 몇 번이고 스스로에게 다짐했다. 나는 아무 감정도 느껴지지 않는다. 나는 공부를 한다. 나는 괜찮다.

"심락영."

교실 앞에서 마주친 김도영이 내 이름을 불렀을 때 심장이 산산조각 나는 줄 알았다. 방학 전보다 길어진 머리카락을 쓸어 올리며 김도영은 8월의 햇살처럼 웃었다. 왜 굳이 내 이름을 부르고 머리를 쓸어 올리고 웃기까지 하는 건지.

"비켜 봐."

문손잡이를 잡은 채 인사하는 김도영에게 나도 모르게 통명

스러운 말이 튀어 나갔다. 곧이어 이러면 안 된다는 생각이 들어 멋쩍게 웃으며 김도영 어깨를 살짝 쳤다. 그 순간 여친 있는 애를 이렇게 막 치고 그래도 되나 싶어 손이 멈칫했고 그런 것까지 신경 쓰는 나 자신에게 짜증이 밀려왔다.

잠시 후 교실에 앉아 있던 지유가 나와 김도영에게 다가왔다. 지유는 김도영에게 인사하며 의미심장하게 미소 지었다. 아주 짧은 순간이었지만 둘이 눈빛을 주고받는 모습을 보자 이대로 사라져 버리고 싶었다. 내가 이 장소에 없었으면 좋겠다. 내가 애네를 몰랐으면 좋겠다. 내가 아예 처음부터 존재하지 않았으면 좋겠다. 그럼 이런 감정도 기분도 느끼지 않을 텐데.

김도영과 정지유는 사귀는 걸 대놓고 티 내진 않았다. 지유는 이미 벌레 테러로 올해 충분한 관심을 받았고 김도영은 그 테러의 범인일 수도 있다는 소문의 주인공이 되기도 했다. 그런 둘이 사귄다면 또 어떤 말이 나올지 모른다. 말하는 걸 좋아하는 평소답지 않게 지유는 특히 조용했다. 나를 배려하는 것 같기도 했다. 하지만 더 고역이었다.

둘이 사귀는 게 알려지지 않았으니 우리는 이전처럼 같이 다녀야 했다. 셋이 같이 밥을 먹고 셋이 같이 이동 수업을 가고 셋이 같이 과제를 하고…… 벗어나고 싶었지만 마땅한 이유를 찾을 수 없었다. 게다가 화해한 이후 김도영은 내게 잘해 줬다. 궁금해 보이지도 않는 걸 물어보고 무거운 걸 들어 주고 자기 학원에서 받은 프린트물을 보여 주고. 둘이 사귄다는 걸 걸리지 않으려고 날 알리바이로 이용하나 싶은 생각까지 들었다. 웃긴 건 그렇게라도 김도영 옆에 있는 게 싫지만은 않았다. 나를 향해 웃고 말하고 장난을 거는 김도영을 볼 때마다 가슴이 뛰었다. 개미지옥처럼 김도영의 호의에, 둘 사이에 끼어 도무지 기어 나오질 못했다. 그것이 나를 망가뜨릴 것을 알면서도 그랬다.

13. 눈물 활용법

'여전할 것인가, 역전할 것인가'. 2학기 중간고사를 앞두고 담임은 칠판 한구석에 이 문장을 써 붙였다. 관계도 마음도 뭐 하나 정리하지 못한 채 8월을 흘려보낸 내게는 불길해 보이는 문장이었다. 2학기 진학 상담에서 담임은 성적은 고르게 좋은 편이지만 이번 시험에서 좀 더 우상향된 성적으로 올라가 줘야 가고자 하는 대학에 안정적으로 지원할 수 있다고 했다. 초조했다. 책상 앞에 앉아 있는 시간은 길었지만 집중 못 한 지 오래됐다. 상위권 아이들 모두 지금쯤 죽어라 공부하고 있을 게 뻔한데 나만 그렇지 못했다. 머리가 늘 안개 낀 것처럼 흐렸고 학교에서나 학원에서나 선생님의 목소리는 오래된 스피커를 통한 것처럼 귓가에서 웅웅대기만 했다.

"반장, 그거 알아?"

자습 시간, 머리에 들어오지 않는 독해 문제를 노려보고 있는데 짝이 말을 걸었다.

"요새 재활용 쓰레기장에서 자꾸 벌레 나온대."

"쓰레기장인데 당연하겠지."

"아니, 바퀴벌레나 파리 그런 거 말고. 1학기 때 정지유 책상에서 나온 그 벌레. 갯지렁인가 뭔가."

"누가 그래?"

"지난주 당번도 그러고 다른 반 애들도 봤대. 그게 바다에 사는 벌렌데 우리 학교 쓰레기장에서 자꾸 보인다는 게 이상하지 않아?"

"전에 버린 벌레들인가 보지."

"바닷물도 없는데 그렇게 오래 산다고? 두 달도 넘었는데?"

짝은 엎드려 자는 지유를 한번 본 뒤 목소리를 낮추며 말을 이었다.

"그 사건은 암튼 너무 이상해. 처음부터 끝까지."

"무슨 뜻이야?"

"그렇잖아. 담임이 경찰에 신고하자고까지 했는데 정지유는 안 한다 그러고. 나 같으면 모든 방법을 동원해 범인 찾아서 개망신을 줄 텐데."

"교실 시끄럽게 안 하려고 그런 거잖아."

"친구라고 편드네. 됐다. 반장 너는 이성적으로 판단할 줄 알았는데. 원래 추리물 보면 감추려는 자가 범인이야. 그리고 범인은 항상 이 안에 있어.”

“공부하기 싫으면 잠이나 자.”

“맞아. 공부하기 싫어.”

짝은 기지개를 쭉 켜더니 그대로 엎드려 잠들어 버렸다. 교실은 어수선했고 사각사각 글씨 쓰는 소리, 문제집 페이지 넘기는 소리 사이사이 아이들의 잡담이 끼어들었다.

그대로 잠잠해져 버린 것이 이상하기는 하다. 어부의 목적은 무엇이었을까. 지유를 놀라게 하는 것? 지유에게 상처 주는 것? 누군가 지유를 미워한다는 걸 모두에게 알리는 것? 지유는 대체 얼마나 큰 잘못을 한 걸까? 누군가를 미워하려면 시간과 에너지가 소비된다. 그걸 행동으로 옮기는 데는 정성까지도 필요하다. 그렇게 깊은 미움을 벌써 끝냈을 리가 없다.

김도영을 힐긋 바라봤다. 김도영은 이어폰을 꽂은 채 느슨하게 앉은 자세로 책을 읽고 있다. 에어컨 바람에 셔츠 깃이 미세하게 흔들린다. 늘 새하얗고 깨끗한 김도영의 셔츠. 김도영은 생활복이나 체육복을 입고 다니지 않는다. 단정한 게 좋다고 했다. 단추 달린 옷도 좋아한다. 티셔츠마저도 단추와 칼라 달린 걸 즐겨 입는다. 취향이 확실한 김도영. 그 애의 SNS를 통해 사소한 것들을 너무 많이 알아 버렸다.

이제 나는 그 애의 SNS에 들어가지 않는다. 게시물을 보면 그 옆에 있었을지도 모르는 정지유를 떠올리게 되기 때문이다. 정지유는 직접 들었겠지. 김도영이 치는 〈천공의 성 라퓨타〉를. 내가 모르는 둘만의 시간, 추억, 감정 들이 한겨울 눈처럼 소복소복 쌓이고 있겠지. 김도영의 책상 한 귀퉁이에는 스누피 커피우유가 놓여 있다. 지유의 구애에는 진부한 데가 있다.

종업식 날 김도영은 내가 나온다는 말을 듣고 종각역에 왔다. 그날 내가 고백했다면 김도영과 사귀는 건 내가 됐을까. 정지유보다 내가 더 김도영에 대해 잘 안다고 생각했다. 정지유보다 내가 더 김도영을 좋아한다고 생각했다. 하지만 먼저 행동한 건 정지유다. 나는 언제나 생각, 또 생각뿐.

학교 밖에서 정지유 연락을 피하기 시작했다. 담임에게 성적 관리해야 된다는 말을 들었다며 공부 핑계를 댔다. 내가 문자에 늦게 답하거나 단답형으로 일관하자 지유의 연락이 뜸해졌다. 학교에서는 평소와 다름없이 대했기 때문에 지유는 내게 뭐라고 하기도 애매한 듯했다. 하루는 스터디카페에 있는데 편의점으로 잠깐 내려오라고 연락이 왔다. 2층 창문으로 내려다보니 정지유가 편의점 앞 테이블에 앉아 폰을 보고 있었다. 폰 화면이 그대로 다 보였는데 나와 찍은 사진들을 들여다보고 있었다.

여름방학 중 지유가 찾아와 김도영과 사귄다고 말한 이래로 나는 편의점에 가지 않는다. 정지유와 처음 만나 함께 밤을 새우던 날의 기억도 떠올리고 싶지 않다. 나는 몸이 안 좋아서 집에 있다고 거짓말을 했다. 바로 위층에서 지유를 내려다보면서. 정지유는 내 답장을 보고도 한참 동안 자리를 떠나지 않았다. 일어나서도 길을 잃은 애처럼 우두커니 제자리에 서 있었다.

갑자기 새벽 두 시쯤 전화를 걸어온 날도 있었다. 당연히 받지 않았다. 다음 날 학교에서 정지유는 아무 일도 없었던 것처럼 굴었다. 나도 굳이 물어보지 않았다. 서로 말은 하지 않았지만 우리 사이에 메울 수 없는 깊고 좁은 균열이 생겼음을 서로 알 수 있었다.

그다음 주 당번은 나와 내 짝이었다. 9월이 되었음에도 여전히 여름은 떠나지 않았고 그건 우리를 쉽게 지치게 했다. 재활용 쓰레기들을 들고 어둡고 긴 복도를 지나 쓰레기장으로 이어지는 계단을 내려갔다. 늘어지는 여름은 스티커를 떼어 내고 남은 끈적임처럼 지겹고 짜증스러웠다. 짝도 오늘은 말이 없었다. 터덜터덜 걸어가는데 짝이 우뚝 걸음을 멈췄다.

"어? 정지유다?"

지유는 아까 김도영이랑 하교한 줄 알았는데? 2층 창문을 통해 짝이 내려다보는 곳으로 나도 고개를 돌렸다. 지유는 어떤 여자애와 있었다. 낯이 익은데 모르는 애다. 지유와 인사하는 것도 본 적 없다.

"쟤 4반인데?"

"아는 애야?"

"작년에 같은 반. 정아라."

"빨리 쓰레기나 버리고 가자."

"잠깐. 둘이 분위기 이상한데?"

걸음을 옮기려는 나를 짝이 붙잡았다. 애는 너무 음모론자 같다고 생각하는데, 지유의 새된 목소리가 귓가에 와 박혔다.

"씨발 그러니까 그걸 나보고 어쩌라고!"

지유가 욕하는 건 처음 본다. 맞은편의 아라라는 애는 침착하다. 아니, 침착하다기보단 냉소적이다. 눈빛이 얼음처럼 차갑다. 짝은 쓰레기를 내려놓더니 휴대폰을 꺼내 동영상 녹화를 시작한다.

"너 뭐 하는 거야?"

"가만있어 봐."

웬일인지 나는 짝을 더 말리지 못한다. 갑작스레 교통사고를 목격한 것처럼, 보고 싶지 않음에도 지유와 아라라는 아이에게서 눈을 떼기 어렵다.

"제발, 내가 이렇게 부탁할게."

화를 내던 지유는 갑자기 애원 모드로 들어간다.

"많이 안 남았잖아. 우리 이제 곧 고3이잖아. 그게 밝혀지면 나는 학교 못 다녀."

"그만 다녀도 되잖아. 어차피 공부도 못한다며. 이번 기회에 개 망신 좀 당하고 깔끔하게 때려치우면 되겠네."

정아라는 발밑에 있는 작은 흰색 스티로폼 박스를 발로 쳤다. 박스가 넘어지며 뚜껑이 열리고 투명한 플라스틱 통이 툭 떨어졌다. 그 안에는 꿈틀거리는 갯지렁이가 가득 들어 있었다.

"헐 웬일이야……."

짝은 카메라 줌을 당겨 그 장면을 촬영했다.

"니가 싼 똥은 니가 치워. 아, 확실히 해 두자면 니 존재 자체가 똥이야."

그렇게 말하고 정아라는 몸을 휙 돌려 쓰레기장을 빠져나갔다. 도저히 납득이 안 되는 광경이었다.

"뭐야, 뭐야?"

"야, 그거 지워."

"정지유 뭐야. 쟤 자작극한 거 맞지? 정아라랑? 맥락이 그렇지 않아? 벌레 상자를 발로 차면서 니가 싼 똥은 니가 치우라고 그랬잖아."

모르겠어, 중얼거리는데 목소리가 나오지 않았다. 정지유가 쓰레기장을 떠나고 짝과 쓰레기를 버리면서도 모든 게 현실 같지가 않았다.

다음 날 학교에 가 보니 짝이 찍은 동영상이 쫙 퍼져 있었다. 말은 발보다 빠르고 동영상은 말보다도 빠르다. 짝은 자기 친구들과 동영상을 공유했고 그걸 본 애들이 다른 반 친구에게 재공유하면서 다 퍼진 듯했다.

"정지유 좀 음흉한 데가 있었어."

짝은 어딘지 의기양양한 태도로 아이들과 이야기를 나누고 있었다.

"정지유랑 정아라랑 아는 사이였어? 둘이 얘기하는 거 한 번도 못 봤는데."

"나 정아라랑 작년에 좀 친했는데 지유 얘기 들은 적 없어."

"동영상에서는 되게 잘 아는 사이 같았는데. 정지유 공부 못하는 것도 알고."

"니도 못하잖아."

애들은 갑자기 까르륵 웃었다. 사실 그 짧은 동영상에서 알아낼 수 있는 정보는 많지 않았다. 정지유와 정아라가 아는 사이다, 정지유는 정아라에게 '무언가'를 비밀로 해 달라고 한다, 정아라는 정지유를 싫어한다, 정아라는 정지유가 망신당하길 바란다……. 그 '무언가'는 꼭 벌레 사건이 아닐 수도 있다. 하지만 둘 사이에는 벌레 박스가 놓여 있었다. 피스가 몇 조각 빠진 퍼즐을 맞추는 기분이다. 그런데 짝의 말대로라면 맥락이라는 게 있으니까 빈 구멍에 들어가는 그림 조각들은 추측 가능하다. 그렇다면 무슨 목적으로 정지유는 그런 일을 했고 정아라는 어째서 연루된 거지?

"헐, 미쳤어!!!"

짝과 무리를 이뤄 대화하던 한 아이가 폰을 확인하더니 큰 소리로 외쳤다. 아이들의 이목이 그 애에게 쏠렸다. 그 애는 중대발표라도 하는 것처럼 목을 가다듬더니 큰 소리로 말했다.

"정아라네 아빠, 낚시 용품점 하신대."

일순간 교실이 끓어올랐다.

"와, 이건 진짜 빼박이잖아?"

"그러니까 정지유가 자작극한다고 벌레 사 온 데가 정아라네 아빠 가게인 거고, 정아라는 그걸 알고 정지유 협박한 거고."

"그럼 왜 정지유는 그런 짓을 한 거야?"

"관심받고 싶었던 거 아냐? 애들이 막 다 걱정해 주고 보살펴 주고 그랬잖아."

"애정 결핍이야 뭐야."

문득 정지유가 내게 했던 말이 생각났다. 다른 사람들이 벌레 사건으로 본인을 걱정해 주는 것에서 사랑을 느낀다고. 나와 김도영도 그 일로 인해 정지유와 가까워진 것 역시 부정할 수 없었다.

잠시 후 정지유와 김도영이 나란히 등교했다. 둘은 등교하자마자 내 책상으로 왔다. 둘 다 어떤 일이 벌어지고 있는지 모르는 모양이었다. 어디서부터, 무슨 말을 해야 할지 몰라 머리가 아프다고 하고 엎드려 버렸다. 예전처럼 똑같이 지내자고 했지만 우리는 분명 예전 같지 않았다.

놀랍게도 살짝 잠이 들었고 예비 종소리와 함께 지유의 목소리가 들려 깨어났다. 짝의 무리 중 한 명이 지유에게 폰을 보여주며 묻고 있었다. 정아라의 아빠가 낚시 용품점을 한다고 말한 그 애였다. 그 애 옆얼굴엔 정의감과 사명감 같은 게 어려 있었다. 진실을 밝히고 싶다며 그 애는 지유에게 대답을 종용했다.

"네가 사서 뿌린 거야? 아니라면 아니라고 말해. 소문이 커지고 있어."

"아니야."

"아니면 이 상황은 어떤 상황인 거야?"

지유는 대답 없이 고개를 돌리다 나와 눈이 마주쳤다. 나도 모르게 눈길을 피했다.

"정아라랑은 어떻게 아는 사이야?"

보다 못한 짝도 나서서 질문을 던졌다. 여자애들 서넛이 정지유를 도망 못 가게 가두기라도 할 것처럼 정지유의 책상을 둥그렇게 둘러쌌다.

"몰라."

"모른다는 말이 어딨어. 우린 오해를 풀고 싶어."

"몰라, 몰라, 모른다고. 아니라고."

굳은 표정으로 모른다는 말만 반복하던 정지유는 책상에 엎드려 울기 시작했다. 울음소리가 교실을 가득 채웠지만 공기는 더없이 냉랭했다. 지유의 눈물에 아이들의 마음이 더더욱 차갑게 굳어 가는 듯했다. 나조차도 지유가 답답했다. 아니면 아니라고 조목조목 이야기하면 되는 문제 아닌가. 만약 정말로 지유가 자작극을 한 상황이라면 스트레스가 많고 외로워서 그랬다고, 모두에게 미안하다고 사과할 수 있는 기회이기도 하다. 입을 다물고 울어 버리면 회피에 불과하다. 정지유의 행동은 너무 어린 아이 같다.

"그만 좀 해. 사람 하나를 두고 여럿이 뭐 하는 짓이야."

김도영이 정지유 옆으로 다가오며 말했다. 낮고 차분한 목소리였지만 화가 나 있었다. 김도영은 정지유의 등에 가만히 손을 얹고 짝과 그 무리를 쳐다봤다.

짝이 나를 돌아보며 물었다.

"쟤네 둘이 사귀냐?"

고개를 끄덕이지도 않았는데 내 눈빛이 그렇다고 대답했나 보다.

"정지유 김도영 사귄대. 벌레가 맺어 준 인연?"

"야, 적당히 하자?"

엎드려 자고 있던 최수민이 벌떡 일어나더니 말했다. 분위기가 더 싸해졌다.

"그만하자. 우리만 바보 된 거 같아."

애들은 각자 자리로 흩어졌다. 상황은 마무리되었지만 나는 김도영에게 크게 실망했다. 잘못한 일이 있는데도 여친이라고 무조건 쉴드 쳐 주는 건가. 둘이 처음 사귄다고 할 때보다 더 꼴 보기 싫어졌다. 범인을 잡겠다고 담임과 경비 아저씨를 찾아가고 새벽같이 일찍 나온 날들, 정지유를 향했던 걱정과 염려 모두 삽질이었다. 정지유는 그런 상황을 즐기면서 사랑받고 있는 기분을 만끽하고 우리를 기만했다. 김도영은 이제 정지유의 남친이니 그런 게 아무렇지도 않은가 보다. 끼리끼리 잘 만났네. 나만 둘 사이에 멍청이처럼 껴서 소중한 시간과 마음과 에너지를 낭비했다. 내가 제일 바보다.

그래서 화장실에 다녀오는 길에 정지유를 마주쳤을 때 말이 곱게 나갈 수 없었다. 정지유는 화장실 앞에서 나를 기다리고 있었다.

"락영아, 얘기 좀 해."

"무슨 얘기?"

"나 어부 아니야. 내가 그런 거 아니야."

정지유의 눈과 코는 토끼처럼 새빨갰다. 기시감이 느껴졌다. 이렇게 울어 버리고, 운 얼굴을 보여 주며 동정을 사고, 대충 넘어가는 게 아주 습관인 애다.

"그럼 누가 어부야? 정아라?"

"아니야, 그게 아니고……."

"누가 어분데?"

"그게 말하기가 좀……."

정지유가 다시 눈물을 흘렸다. 지긋지긋한 눈물. 짜증이 치솟았다.

"야, 너 나한테 말 걸지 마."

"락영아, 화내지 마. 내가 미안해. 내가 언젠가 다 말해 줄게. 지금 여기선 좀 그래……."

"나한테 말할 필요 없다고. 김도영한테나 말하든가."

정지유가 내 팔을 잡았다. 나조차도 깜짝 놀랄 힘으로 정지유의 손을 뿌리쳤다. 너네는 어쨌든 둘이잖아. 나한테 오해건 뭐건 풀 필요도 없잖아. 나 좀 내버려두라고.

"락영아."

나를 부르는 정지유를 지나쳐 교실로 돌아갔다. 울고 싶은 건 난데 정지유가 울어 버리니 내가 빌런이 된 기분이다. 내 자리로 돌아가는데 나를 물끄러미 쳐다보던 김도영과 눈이 마주쳤다. 김도영의 눈에는 수많은 말이 담겨 있었다. 안타까움, 놀람, 비난, 속상함, 답답함……. 나는 그 눈을 피하지 않았다. 잠시 후 김도영이 내게서 눈을 돌리며 자리에서 일어났다. 그때 비로소 내가 셋의 세계에서 완전히 튕겨져 나온 것을 알 수 있었다. 내가 원한 것도 그것이었는데 막상 그리되니 마음이 이상했다.

학교가 끝날 때까지 시간이 어떻게 흘렀는지 모르겠다. 선생님의 말소리에 집중하고 있었는데 생각은 어느새 지하 미로를 헤매는 것처럼 어둡고 알 수 없는 곳으로 내달렸다. 수많은 막다른 지점들에 부딪히고 난 후에야 나의 사고가 제대로 작동하지 않고 있음을 알았다.

14. 지옥에서 출구를 찾는 법

눈을 떠 보니 집 안은 온통 깜깜했다. 교복도 벗지 않고 침대에 누워 잠들었다. 팔다리가 닻처럼 아래로 아래로 가라앉는 듯 무겁게 느껴졌다. 멀리서 어딘가 매미가 울고 있다. 열린 창문 사이로는 바람 한 점 들어오지 않는데 몸은 오한으로 떨린다. 검고 어두운 바다에 누워 한없이 떠내려가는 듯 막막한 기분이 든다.

어째서 일이 이렇게 되어 버린 건지 모르겠다. 언제나 내가 노력만 한다면 원하는 대로 이룰 수 있으리라 믿었다. 내 인생 정도는 내 맘대로 주무를 수 있을 딱 그만큼 만만해 보였다. 누군가를 향해 제어 불가능한 감정을 가지게 될 줄 몰랐다. 그 감정은 브레이크가 고장 나 마구 달리는 한밤중의 트럭처럼 속도도 조절할 수 없고 시야도 오직 헤드라이트가 닿는 좁은 부분뿐이다. 딴짓할 겨를도 안 준다.

숨 쉬는 것처럼 김도영에 대해 생각한다. 정지유의 옆에서 대신 화를 내 주던 김도영. 정지유의 등에 얹힌 김도영의 손. 정지유는 그 순간에도 김도영의 체온을 느낄 수 있었겠지.

정지유는 정말 처음부터 김도영을 좋아했을까. 혹시 내가 김도영을 좋아한다는 걸 알고 김도영을 가로채 버린 건 아닐까. 정지유는 자작극을 벌일 만큼 영악한 애니까 이런 가정 역시 충분히 가능하다. 정지유가 너무 밉다. 심장이 아릴 만큼 원망스럽다. 나한테 애초에 말을 걸고 친한 척 다가온 것도 자기가 돋보이려고 그랬을 거다. 빛이 있으려면 어둠이 필요하니 나를 들러리로 세운 거다. 잘하는 건 공부뿐이고 꾸밀 줄도 놀 줄도 모르는 나와 달리 정지유는 트렌드에 관심도 많고 옷도 잘 입는다. 화장까지 하면 아주 다른 사람 같다. 반 애들 앞에서 화장해 줄 테니 안경 벗어 보라고 조르던 것도 내가 얼마나 웃겨 보일지 아니까 일부러 그런 거다. 한강에 간 날도 혼자 블라우스에 스커트에…… 자전거 타러 가자 해 놓고 자기만 있는 대로 꾸미고 오고. 이제야 모든 것이 맞아떨어진다. 나는 정지유 장단에 맞춰 춤추는 허수아비였다. 나를 좋아하는 것처럼 굴면서 벌레를 처리하게 하고 걱정하는 나를 통해 자기 기분을 충족하고 모두의 관심을 받고.

화가 날수록 머리가 몽롱해진다. 마음이 심해로 가라앉는다. 학원에 전화해야 하는데. 학원에서 엄마에게 전화를 했을 텐데. 엄마가 내게 전화했을 텐데. 걱정이 되면서도 몸이 움직이지 않는다. 창밖은 어둠만이 가득하고 집 안의 공기는 끈적하고 무겁기만 하다.

방문들이 크게 여닫히는 소리가 차례로 났다. 가까스로 고개를 들어 시계를 보니 아침 일곱 시를 지나고 있었다. 방문이 부서질 듯 세게 열렸고 얼굴이 새하얗게 된 아빠가 방으로 들어왔다. 아빠는 한눈에도 다 보이는 내 작은 방을 샅샅이 살폈다. 당황과 혼란이 고스란히 느껴졌다.

"아빠, 왜 그래?"

"엄마가 너한텐 별말 없었니?"

"무슨 말?"

"엄마가 방에 없어. 전화도 꺼져 있고 제일 큰 캐리어랑 옷들도 사라졌어."

무거운 몸을 일으켜 가방에서 폰을 꺼냈다. 학원에서 온 부재중 전화 몇 통, 엄마에게서는 딱 한 통의 문자가 와 있었다.

—그럼 다녀올게.

오후 여섯 시, 그러니까 어제 엄마 퇴근 시간쯤 온 문자였다. 밑도 끝도 없이 다녀온다고? 어디를? 왜? 휴대폰을 들어 아빠에게 화면을 보여 줬다. 아빠는 침대에 무너지듯 주저앉았다.

엄마에게 전화를 해 봤지만 꺼져 있었다.

"사람을 이렇게 놀라게 할 줄 아네."

아빠가 긴 한숨을 뱉었다. 가출인 걸까. 엄마가 언제부터 나가려는 결심을 한 건지 곰곰이 되짚어 봐도 마지막으로 본 엄마 표정이 기억이 안 난다. 열두 시간 넘게 엄마가 사라진 줄도 몰랐다니.

"일단 시리얼 먹고 등교해라. 내일부터는 아빠가 아침 챙겨 놓을게."

"지금 아침밥이 문제가 아니잖아."

"다녀온다잖아. 사람이 그럴 때가 있는 거지. 이따 엄마 직장에 전화해서 언제까지 휴가 냈는지 알아볼게."

"엄마랑 많이 안 좋아?"

"아니야. 그냥…… 의논이 길어지는 것뿐이야. 걱정하지 마."

갑자기 머리가 지끈했다. 얼굴을 찌푸리자 아빠가 내 이마에 손을 얹었다.

"너 엄청 뜨거워."

아빠는 체온계를 가져왔다. 38도 8부. 체온계에 나타난 숫자를 보자 아파도 된단 허락이라도 받은 듯 온몸이 쑤시기 시작했다.

"언제부터 이랬어?"

"어제저녁……. 학원도 못 갔어."

학원 못 갔다는 말을 하는데 괜한 서러움에 눈물이 나려 했다. 그랬구나. 내가 아플 때 엄마는 우리를 떠났다. 다녀온다고 했지만 왜 버림받은 기분이 드는지 모르겠다. 엄마는 한 번도 아빠와 나를 두고 혼자 어딜 간 적이 없다. 단지 여행일 뿐이라면 누구와 어디를 다녀올 건지 며칠 전부터 신이 나서 떠들어 댔을 게 분명하다.

"엄마 안 돌아오면 어떡해?"

죽과 약을 가져온 아빠에게 대뜸 물었다. 아프니까 필터링이 안 된다.

"바보 같은 소리 말고 약 먹고 한숨 자. 학교에는 전화해 둘게."

그 와중에 학교에 안 가도 된다니 안도감에 긴장이 풀렸다. 죽과 약을 먹은 후 얇은 이불을 머리끝까지 뒤집어썼다. 오늘 하루는 세상에 존재하지 않는 것처럼 이렇게 있고 싶다. 사라져 버리고 싶은 건 엄마보다도 나다.

학교에 나가지 않은 채로 며칠이 지났다. 처음 이틀은 열감기로 아파 갈 수 없었다. 눈 깜짝할 새 주말까지 지났고 월요일이 다가오자 다시 머리가 욱신거리고 배가 아프기 시작했다. 병원에서 장염약을 처방받았지만 학교를 안 가니 약을 복용하지 않아도 괜찮았다. 다음 날도, 그다음 날도 학교 갈 시간만 가까워지면 배가 꼬일 듯이 아프고 두통도 심각했다. 교복까지 다 입고 문을 나섰다가 돌아오기도 했다. 학교의 풍경과 반 아이들의 얼굴, 교실의 분위기만 떠올려도 증세가 심해졌다.

아빠는 난감한 얼굴로 대학병원이라도 가 보자고 했지만 나는 알 수 있었다. 내가 미친 듯이 학교에 가기 싫어서라는 걸. 온몸이 격렬하게 등교를 거부하고 있었다. 학기가 얼마 남지 않았으니 좀 참아 보면 어떠냐는 아빠 말에 억지로 날 학교에 보내면 사라져 버릴 거라고 대답했다. 아빠는 큰 충격을 받았다. 내내 모범생이었던 딸의 등교 거부라니. 하지만 어쩔 수 없었다. 아빠의 감정이나 뒷일을 생각할 여유는 없었다.

난 늘 잘 참고 견디는 성격이었다. 그게 어렵지도 않았다. 초등학교 1학년 때 아이들이 책상에 오래 앉아 있지 못해 돌아다니고 바닥을 기어다닐 때도 반듯하게 앉아 있는 게 더 쉬웠다. 책상에 엉덩이를 붙이고 앉아 몇 시간이고 공부하는 건 크게 고통스럽지 않았다. 이런 지루한 시간이 나를 특별한 곳에 데려다줄 거라 믿었다. 내가 씨앗이라면 이건 흙 속에서 싹을 틔우는 시간 같은 거라 생각했다.

그러다 불현듯 견딜 수 없게 되어 버린 것이다. 흙 속이건 뭐건 시간을 견디는 일이, 나를 견디는 일이 어려워졌다. 다시 학교로 돌아가지 못할까 두려움에 뜬눈으로 밤을 지새우고, 그런 밤들이 쌓이면서 마음은 돌처럼 죽어 가고 있었다. 우릴 떠난 엄마에게서는 아무런 소식이 없었고 직장에 알아본 바로는 휴직을 했다고 한다. 될 대로 되라는 마음이 감자 싹처럼 무럭무럭 자랐다. 엄마가 부모로서의 본분을 저버렸으니 내가 학생으로서의 본분을 저버리는 것도 상관없겠지.

엄마가 없는 집은 빠르게 엉망이 되었다. 아빠가 아무리 애를 써도 무너져 내리는 모래성처럼 역부족이었다. 손끝이 야무지고 행동이 재빠른 엄마는 집 안 곳곳을 엄마의 방식으로 제어해 왔다. 청소 요리 빨래 모든 것에는 순서와 방향이 있었다. 아빠는 엄마가 시키는 대로 잘 움직이는 편이었지만 그뿐이었다. 스스로 뭘 하진 못했다.

유일한 컨트롤러가 사라지니 루틴은 파괴되고 기능은 망가져 갔다. 나는 하루 종일 침대에 누워 게임을 하거나 드라마를 보는 것으로 하루를 흘려버렸다. 뭐든 쌓아 올리는 데 걸리는 시간에 비해 망가지는 건 눈 깜짝할 사이면 충분하다.

벌레가 나오는 꿈을 반복해서 꾸었다. 꿈속의 나는 이른 아침 홀로 학교에 등교한다. 교실에는 나뿐이다. 자리에 앉아 공부를 하는데 이상한 소리가 들려 고개를 돌린다. 지유의 책상 서랍에서 끝도 없이 벌레들이 쏟아져 나온다. 스륵사사사사삭. 벌레들은 나를 향해 다가온다. 나는 소리를 지를 수도, 도망을 갈 수도 없다. 벌레들은 내게 기어와 머리끝까지 나를 덮어 버린다. 입으로 귀로 코로 모든 구멍으로 쳐들어온다. 벌레 떼에 뒤덮인 나 역시 한 마리의 거대한 벌레가 되어 버린다. 그때 내 주머니에서 알람이 울린다. 김도영의 새 트윗이다.

'모든 지옥엔 출구가 있다.'

나는 생각한다.

출구를 찾으려면 먼저 벽을 찾아야 할 텐데.

하지만 출구도 벽도 찾을 수 없다. 내가 다가갈 때마다 교실 벽은 팽창이라도 하는 것처럼 멀어지기만 한다. 닿을 수가 없다. 아무리 발버둥을 치고 소리를 질러도 누구도 나타나지 않는다. 내가 벌레로 변해 버렸으니까. 주위엔 아무도 남아 있지 않다. 그 지옥엔 나 혼자뿐이다.

결석이 이 주째 이어지던 어느 날 저녁, 현관 벨소리가 크게 울렸다. 깜짝 놀라 발소리를 죽이고 방에서 나와 인터폰 화면을 쳐다봤다. 정지유와 김도영이었다. 나는 동상처럼 굳어 움직일 수 없었다. 잠시 후 다시 벨소리가 울렸다. 초인종 벨소리가 이렇게나 큰 줄 몰랐다. 한 번 울릴 때마다 심장이 덜컹거렸다.

"락영아."

정지유가 현관문을 똑똑 두드리며 내 이름을 불렀다. 마치 내가 문 너머에 있다는 걸 안다는 듯 침착한 음색이었다.

"심락영, 전화라도 좀 받아."

김도영도 문을 두드리다 혼잣말처럼 말했다. 둘의 한숨 소리가 아주 가까이서 들렸다.

　"또 올게. 얼굴 보고 얘기하자. 곧 담임 가정 방문한대."

　잠시 부스럭거리는 소리를 내더니 둘은 계단 아래로 사라졌다. 누가 얼음땡이라도 외쳐 준 것처럼 그제야 힘이 풀려 스르르 주저앉았다. 집까지 찾아올 줄은 몰랐다.

　등껍질을 잃은 달팽이가 된 기분이다. 숨어 있기 좋은 곳이라 믿었던 집까지 불안한 장소가 되었다. 무조건 피하고 숨는 게 잘하는 건 아니지만 지금으로선 아무도 마주하고 싶지 않다. 아주 작은 자극에도 아픔이 느껴질 때는 혼자 있는 게 낫다. 상대가 의도하지 않았다 해도 어떤 말 어떤 행동이 어떻게 다가올지 우리 서로 모르니까. 지금의 나는 저 둘이 함께 있는 모습만 봐도 아프다.

15. 너를 믿으니까

둘이 완전히 떠난 걸 확인한 후 짐을 챙겨 집을 나섰다. 문 앞에 노란 포스트잇이 붙어 있었다. '락영아, 전화 받아. 하고 싶은 이야기가 아주 많아.' 지유의 글씨체였다. 눈으로 훑어보곤 떼지 않고 그대로 두었다.

아빠의 가게로 향했다. 좀 더 멀리 혼자일 수 있는 곳으로 가고 싶었지만 돈이 없다. 생각해 보면 내가 피하고 싶은 사람들은 인류 전체가 아니다. 단 두 명, 김도영과 정지유뿐이다.

첼시 호텔에 들어서니 이른 저녁 시간이라 그런지 아빠 혼자 가게를 지키고 있다. 별다른 말 없이 짐을 들고 가게 안쪽 방으로 들어갔다. 세 식구가 몇 년이나 산 공간인데 새삼 낯설다. 방에는 이불 몇 채와 서랍장, 책장 하나가 전부다. 거실 겸 부엌에는 작은 좌식 테이블과 방석 두 개. 단출한 싱크대 옆 냉장고를 열자 제법 식재료들이 들어 있다. 아빠가 밤마다 손님들과 야식을 나

뭐 먹느라 장을 보는 모양이다.

"여기에서 좀 지낼게."

뒤따라온 아빠에게 통보했다.

"집 놔두고 왜 여기서?"

"……집에 있기 싫어."

아빠는 테이블 모서리만 한참 바라봤다.

"엄마는 잘 있어. 곧 돌아올 거야."

내가 집에 있기 싫은 이유를 엄마라고 생각했나 보다. 그것도 아주 틀린 건 아니다. 엄마가 떠나간 집은 누군가 벗어 두고 간 껍질 같았다. 중요한 것이 전부 빠져나가고 텅 비어 버린 장소. 엄마가 우리 집을 구성하는 데에 가장 '중요한 것'이었다는 걸 떠나고 나서야 깨달았다.

엄마가 곧 돌아올 거란 아빠의 말은 공허하게 들렸다. 정말 그럴까. 나는 의심하고 또 의심한다. 엄마는 함부로 떠나는 사람이 아니다. 그만큼의 결심이 쌓이기까지 많은 일이 있었다는 것이고, 그 결심을 행동으로 옮겼다는 건 돌이킬 수 없단 의미일지도 모른다. 어쩌면 아빠도 알면서 외면하고 있는 거다. 입 밖에 내는 순간 기정사실이 되어 버릴까 두려워서.

챙겨 온 옷가지를 꺼내 서랍장에 정리하고 창문을 열어 이불을 털었다. 세면도구를 화장실에 갖다 놓고 걸레를 빨아 방바닥을 닦았다. 아빠와 대화를 피하기 위해 일부러 바쁜 척했다. 아빠는 그런 나를 물끄러미 바라만 보다가 가게로 돌아갔다. 아빠는 원래 권위도 없고 잔소리도 못 한다. 그걸 알기에 내 맘대로 할 수 있는 거다. 나도 내가 좀 비겁하다는 걸 안다.

어두워지는 방에 불을 켜지 않고 이불만 펴고 누웠다. 창문으로 바깥의 네온 빛들이 명멸한다. 방은 빛을 담은 작은 수조 같다. 멍하니 누워 알록달록한 빛들이 무늬를 그리는 천장을 바라본다. 세상의 끝으로 도망쳐 온 듯하다. 혹은 가장 깊은 바닥으로.

휴대폰을 꺼내 전원 버튼을 눌렀다. 이 주간 쌓였던 부재중 전화와 문자들이 한꺼번에 들어오느라 폰이 한참 버벅인다. 담임, 담임, 지유, 담임, 학원, 지유, 도영, 학원…… 계속 이어지는 반복된 발신자들을 바라본다. 누구와도 닿지 않는 곳에 머물고 싶다. 엄마도 이런 기분으로 집을 떠난 걸까.

차마 문자들을 확인할 용기가 나지 않는다. 휴대폰을 다시 끄려다 나도 모르게 X를 열었다. 김도영이 아직도 거기 그대로 있는지 궁금했다. 하지만 인터넷 연결이 잘되지 않았다. 시골도 아니고 서울 한복판에서. 차라리 다행이라는 생각도 든다.

휴대폰을 끄고 천장을 바라봤다. 인터넷이 안 되니 넷플도 못 보고 게임도 못 한다. 와이파이 잘되는 집 두고 나와 이게 뭐 하는 짓인가 후회하다 까무룩 잠이 들었다. 빛과 벌레가 쉴 새 없이 눈꺼풀 안쪽에서 돌아다니는 얕은 잠이었다.

아무것도 하지 않고 어두침침한 방에 누워 며칠을 보냈다. 자다 깨다를 반복하며 아빠가 준비해 둔 식사를 간간이 먹으며. 어떨 때는 시간이 놀라울 만큼 빨리 흘러갔고 어떨 때는 지구가 자전을 멈춘 게 아닐까 싶을 만큼 시간이 가지 않았다. 아빠는 나를 볼 때마다 하고 싶은 말, 묻고 싶은 말이 산더미처럼 많아 보였지만 나는 최선을 다해 외면했다.

"여기 왜 인터넷 안 터져?"

"건물이 다닥다닥 붙어 있어서 간섭이 심해서 그럴 거야. 가게 나와서 와이파이 연결해."

"가게 와이파이 연결하면 여기서도 터져?"

"그건 몰라. 네가 해 봐."

"샐러드에 파프리카 넣지 마."

"알겠어. 빨래는 없어?"

"없어."

아빠와 나는 이렇게 아무것도 건드리지 않는 안전한 대화만 했다. 원래부터 둘이었던 것처럼, 원래부터 학교란 곳에 나가지 않은 것처럼, 원래부터 이곳에 살아왔던 것처럼. 그러다 보니 이 상황이 진짜 같기도 했다. 나쁘지 않을지도 모른다.

　엄마도 학교도 친구도 인생에 꼭 필요한 요소가 아닐 수도 있다. 어차피 인생은 혼자이고, 혼자이다 보면 아무런 상처도 안 받는다. 하지만 아무런 관계도 맺지 않고 아무런 상처도 받지 않는다면 죽음과 뭐가 다르지. 이르게 들어온 무덤 같은 이불 속에 들어갈 때마다 나는 생각한다. 내가 도망가는 방향의 끝에는 뭐가 기다리고 있는지. 내가 내게 속했다고 믿었던 것들은 다 어디로 흩어졌는지.

　열어 둔 창문 사이로 찬 바람이 들어왔다. 시간을 확인하니 자정 무렵이다. 자다 깨어 어깨를 떨며 아귀가 잘 맞지 않는 창문을 꼭 닫았다. 방 안엔 이미 서늘한 10월의 공기가 가라앉아 있었다. 매연 냄새와 비 냄새가 섞인 쓸쓸한 가을의 냄새였다.

　창가에 서서 뿌연 유리창 너머 빛 사이로 유령처럼 움직이는 사람들을 바라봤다. 길 위에서 어떤 사람은 흔들렸고 어떤 사람은 돌아섰고 어떤 사람은 망설였고 어떤 사람은 멈춰 섰다. 멈춰 선 사람을 한참 바라보았다. 그 사람은 내가 존재하는 줄도 모르겠지만 나도 여기에 멈춰 있었다.

　방 안의 어둠과 바깥의 빛에 눈이 익자 음악 소리가 들렸다. 첼시 호텔에서 들려오는 음악이었다. 어릴 적 기억은 많지 않지만

이 작은 방에서 듣던 음악들은 생생하다. 록과 메탈이라 온통 시끄러운 음악이었지만 어린 내겐 자장가였다. 음악이 들릴 때마다 그곳에 엄마 아빠가, 날 지켜 주는 사람이 있다는 사실이 환기되어 안심했기 때문이다. 음악을 틀며 아빠가 내게 자주 했던 말, 가게에서 나오는 음악은 그 가게의 영혼 같은 거라고. 생각해 보면 웃기지도 않은 말인데(가게에 영혼이라니?) 나도 진지하게 그걸 믿었던 때가 있었다.

"너 이름이 롹영이 될 뻔했어. 네 이름이 rock이랑 young을 합친 거잖아. 아빠가 정말 그렇게 출생신고 한다는 걸 말리느라 혼났지. 적당한 한자 넣어서 내가 신고했기 망정이지. 니네 아빠 진짜 웃겨."

언젠가 아빠의 엉망진창 기타 솔로를 함께 듣다 엄마가 해 준 말이다. 당시 엄마는 잘 웃었고 맥주를 마시다 노래를 흥얼거리곤 했다. 솔직히 rock과 young이라는 내 이름의 뜻도 좋아했던 것 같다. 내친김에 제대로 부르라고 마이크를 건네주면 거절하지 않고 시원시원하게 노래도 잘했다.

초등학교 저학년 때까지만 해도 가게에 나가 손님들과도 자주 놀았는데 친구들 사이에 우리 집이 술집을 한다고 소문이 나면서 더 이상 안 가게 됐다. '첼시 호텔'이란 이름 때문에 모텔을 한다는 소문도 돌았다. 모텔이나 술집이나, 친구들 부모들은 똑같이 싫어했고 장사를 하느라 다른 학부모들과 교류가 없었던 나의 부모는 나와 세트로 동네에서 고립되었다.

"부모님 무슨 일 하셔?"

이런 질문은 어디서건 받았는데 매번 대답하기가 쉽지 않았다. 내가 초등학교 고학년이 되었을 때 엄마는 공무원이 되어 낮의 생활자가 되었다. 그 뒤로 누가 부모의 직업을 물어보면 나는 공무원이라 답했다. 엄마는 공무원이니 반은 맞는 대답이었다. 그리고 이런 무난한 대답을 할 수 있게 해 준 엄마에게 마음 깊이 고마웠다.

거기까지 생각했을 때, 레너드 코헨의 〈Chelsea Hotel #2〉가 엎질러진 물처럼 주르륵 문틈으로 새어 들어왔다. 첼시 호텔에서의 네 모습을 기억한다는 레너드 코헨의 쓸쓸한 읊조림. 채도가 낮고 축축한 음이었다. 나는 홀린 듯이 가게와 연결된 문을 열고 가게 주방을 지나 바깥으로 나갔다. 걸어 나가는 짧은 순간에도 음은 쉴 새 없이 내 몸 안에 차올랐다. 내가 음에 잠긴 건지 음이 내 안에 잠긴 건지 구분할 수 없었다. 메마른 땅에 물이 스미듯 나는 음악을 빨아들였다. 오랜 시간 척박한 땅에 서 있던 나무가 뿌리를 최대한 깊이 뻗어 들어가 마침내 땅속에 흐르는 물을 만난 것처럼.

"음악을 그냥 듣는 게 아니라 만날 때가 있어."

"만난다고?"

"응, 만나는 거야. 음악이 날 바라보고, 내가 음악을 바라보고. 서로 마주 보는 그런 순간, 만나는 거야."

아빠와 이런 대화를 했을 때 사람 만나는 것도 귀찮은데 음악까지 만날 필요가 있을까, 생각했다. 어떤 경험인지 잘 상상할 수 없었지만 인생에 꼭 필요한 일 같지도 않았다.

하지만 지금이 내가 음악을 만난 순간임을 알 수 있었다. 이 곡을 들을 때마다 살갗에 스미던 차가운 10월의 바람을 느끼게 되겠지. 어두운 방에서 스스로를 물어뜯던 나의 자책과 불안한 잠과 꿈, 완전히 혼자라는 고립감, 가닿지 못하는 감정들로 아파하던 그 모든 시간이 이 곡에 영원히 타투처럼 새겨졌다.

"락영아, 오랜만이다! 근데 너 왜 울어?"

고작 언니가 맥주를 가지러 냉장고로 왔다가 그 옆에 우두커니 서 있는 날 발견했다. 언니는 깜짝 놀라 나를 안았다. 누군가 울면 다짜고짜 안아 주는 사람들이 있는 것이다.

"잘 모르겠어요……"

언니는 나를 더 꽉 끌어안았다. 어떨 때 음악은 감정의 방아쇠가 되기도 하나 보다. 아빠가 그건 말해 주지 않았는데. 나는 고작 언니 품에 안겨 한참 울었다. 소리 내어 울어 본 것도, 누군가의 품에 안겨 울어 본 것도 아주 오랜만이었다.

한참 울고 나서 바테이블 끄트머리에 앉아 아이스크림을 먹었다. 손님 중 누군가 나가서 과자와 아이스크림을 잔뜩 사 와 건넸기 때문이다. 다행히 바닐라 맛은 없었다.

"예전이랑 똑같네. 락영이 울 때 과자나 아이스크림 먹이면 뚝 그쳤는데."

나는 못 들은 척하고 아이스크림 두 개를 먹어 치웠다. 아빠는 운 이유를 묻는 대신 물티슈만 한 뭉텅이 쥐여 줬다. 아이스크림을 다 먹었는데 방으로 돌아가고 싶지 않았다. 바테이블 위에 놓인 물건들을 만지작거리며 사람들을 천천히 관찰했다. 아빠가 퀸 노래를 틀자 넥타이를 느슨히 한 중년의 회사원이 세상에서 가장 다급한 표정으로 허겁지겁 달려왔다.

"안 돼. 퀸 틀지 말아 주세요. 퀸 싫어요!"

"손님이 신청한 거야."

"안 돼요. 난 못 견뎌."

그는 손을 뻗어 멈춤 버튼을 눌렀다. 순식간에 소리가 썰물처럼 빠져나갔다.

"왜 꺼요? 내가 신청한 건데. 틀어 줘!"

저쪽에서 맥주를 벌컥벌컥 마시던 여자 손님이 소리를 지르며 벌떡 일어났다.

"살려 주세요. 저 프레디 머큐리 목소리 들으면 죽어요. 다른 거 들으시면 안 돼요?"

"싫어! 지금 들을 거야!"

"근데 왜 반말하세요?"

"지금 들을 거예요!"

"제가 이렇게 부탁할게요."

"여긴 누구나 원하는 곡을 신청하고 듣는 장소예요!"

남자 손님은 무너지듯 테이블에 얼굴을 묻었다. 그러곤 크게 결심한 표정으로 고개를 들고 말했다.

"전 애인이 너무 좋아했어요. 가슴 아파서 못 듣겠어요."

숙연한 침묵이 흘렀다. 아빠는 다른 뮤지션의 음반을 꺼내 보였고, 여자 손님은 승인하듯 작게 고개를 끄덕이더니 나지막하게 말했다.

"3번 트랙."

3번 트랙이 흐르자 평화가 찾아왔고 다들 경건하게 맥주를 마셨다. 여기는 이런 곳이었다. 바깥에서는 아무도 신경 쓰지 않는 것에 의미 부여하고 집착하는 사람들이 모여 있다. 어떤 음악이 나오는지가 그들은 세상에서 제일 중요한 거다. 세상의 우선순위와 전혀 다른 우선순위로 흘러간다. 음악이 마음에 드는가, 내 신청곡을 틀어 주는가, 스피커 상태는 괜찮은가, 맥주는 차가운가. 정말로 하잘것없어 보이던 이 작은 세계와 이 안의 사람들이 웃기게도 조금도 싫지 않았다.

자칫 험악한 상황까지 갈 뻔한 남자 손님과 여자 손님의 대치는 잘 마무리되었다. 가게의 사람들이 남자 손님에게 한마디씩 위로를 건넸다. 어떤 이별을 했기에 〈Bohemian Rhapsody〉 같은 걸 들을 때마다 울먹이는 신세가 되었는지 동정하는 분위기였다.

그날 이후로 가게에 맨날 나가 앉아 있게 됐다. 여기선 무슨 직업을 가졌는지, 얼마나 돈이 많은지, 어떤 학교를 다니는지, 이런 것들을 서로 궁금해하지 않았고 묻지도 않았다. 이곳은 세상에서 소외된 아주 구석진 모서리 같은 장소였다. 지치거나 실연한 사람들만이 자석에라도 이끌린 듯 첼시 호텔을 찾아냈다.

손님들은 서로에게 동질감을 느꼈다. 화려하고 깨끗하고 멋진 수많은 장소를 지나쳐 기어이 이곳으로 찾아 들어온 사람들끼리의 연대감. 그들은 대체로 비슷한 분위기를 풍겼다. 잘 놀고 잘 웃고 잘 울었다. 애초에 그 어떤 경쟁에서도 이길 것 같지 않은, 평화를 지향하는 초식동물들 같았다. 그저 떼 지어 풀을 뜯고, 다 뜯어먹었으면 어슬렁거리며 다른 장소로 조용히 이동하는. 함께이지만 따로인 무해한 초식동물들.

하루는 손님이 하나도 없어 아빠와 둘이 맥주를 마셨다. 아빠는 내게 언제 학교로 돌아갈 것인지, 앞으로 어쩔 생각인지 묻지 않았다. 아무런 대답도 준비되어 있지 않아 다행한 일이었다. 그래서 나 역시 엄마와의 일을 자세히 물어볼 수 없었다. 아빠도 혼란스러워하고 있다는 것쯤은 충분히 알 수 있었으니까.

"맥주 이름은 모르는 나라의 예쁜 노래 가사 같아. 하이네켄, 버드와이저, 클라우드, 기네스, 코로나, 칼스버그, 스텔라, 에스텔라, 호가든, 블루문, 쿠어스, 크로넨버그, 코젤……. 뜻은 모르겠는데 발음은 멋져."

"아빠가 네 나이 때 한 결심은 세상에 존재하는 모든 맥주를 다 마셔 보리란 거였어."

"정말 훌륭한 고등학생이었네."

"공부는 관심도 없었고 음악이랑 맥주만 있으면 충분하다 생각했지."

"지금 두 개를 다 가지고 있으니 다 이룬 건가."

"그러게, 음악도 있고 맥주도 있는데……."

아빠는 말끝을 흐리다 맥주를 마셨다. 아빠가 내게 따라 준 맥주는 씁쓸했다. 맥주는 이름만 멋지고 맛은 없다. 그래도 아빠가 나를 어른처럼 대해 주는 게 좋아 참고 마셨다. 주민등록증 상 어른이 될 날도 그리 멀지 않았는데, 그런 날이 올 것 같지 않다. 모든 것이 지금 여기서 멈춰 있다. 마음도 생각도 고민도 관계도.

"여기 손님들은 다 숨으러 오는 것 같아."

"누구나 숨을 장소 하나쯤은 가지고 있어야지."

"어른들의 피난처 같은 곳인가."

"너도 여기 숨어 있잖아."

아빠의 말에 대답 대신 땅콩 껍질만 한참 깠다. 아빠는 아무것도 모르는 것 같지만 다 알고 있다.

"……왜 학교 가라고 안 해?"

"길을 잃어 본 사람이 지도를 볼 줄 안다고 믿어."

"치, 요새 누가 지도를 봐. 내비 보면 되는데."

"내가 학교 가라 하면 네가 가겠냐."

"아니."

"넌 원래 시키는 대로 안 했어. 원하는 걸 했지. 그걸 아는 이상 내가 할 수 있는 건 지켜보는 일뿐이지. 그리고 너를 믿으니까."

"믿을 걸 믿어야지."

괜히 아빠 말에 멋쩍어서 아무 말이나 했다. 하지만 '믿는다'는 말의 무게를 처음 실감했다. 믿는다는 게 뭘까. 무언가 그리되거나 그렇다고 여기는 것, 사람이나 대상이 기대를 저버리지 않으리라 여기는 것.

내가 뻘짓을 해도 아빠는 나를 믿는다고 한다. '락영이는 락영이니까.' 하면서. 내가 이제껏 살며 무엇을, 누구를 믿었나 돌이켜 보면 잘 모르겠다. 나는…… 지유를 믿었나.

내가 정지유를 믿었다면 정지유가 정아라와 있는 모습을 보고도 정지유를 믿었어야 한다. '정지유는 정지유니까.' 하면서. 짝의 말과 여론에 휩쓸리지 않았어야 한다. 하지만 나는 그 믿음을 확인할 생각을 하지 않았다. 정지유가 아니라고 해도 듣고 싶지 않았다. 더 솔직히 말하자면 정지유가 정말 자작극을 하지 않았을까 봐 두려웠다. 정지유를 미워해야 하는데 미워할 이유가 사라지면 안 되니까. 나의 추한 질투심을 그럴듯하게 감싼 포장지가 벗겨지면 안 되니까.

나는 생각보다 더 최악의 인간이다.

16. 모든 것의 이륙과 착륙*

＊ 엘보우, ⟨The Take Off and Landing of Everything⟩에서 인용

가게에서 나를 오래 봐 온 손님들은 나를 조카나 딸처럼 대했고 모르는 손님들은 알바처럼 대했다. 아빠가 바쁠 때면 테이블을 닦거나 빈 병을 치우는 간단한 일도 했다. 첼시 호텔은 나의 현실과 완전히 단절된 공간이었고 그 안에서 나는 안도감과 편안함을 느꼈다. 이곳은 마치 평행우주처럼 내가 속한 무엇과도 겹치지 않았다.

아빠와 나는 어둠의 자식들처럼 어두운 가게에서 시간을 보내다 어두운 방에서 잠들어 오후 느지막이 일어났다. 아빠도 이제 가게 안집의 거실 겸 부엌에서 잔다. 서로 말은 안 했지만 엄마가 없는 집으로 돌아가고 싶지 않은 것이다.

엄마는 잘 있을까 생각하다가 괴로워져서 길게 생각하길 관두곤 했다. 엄마는 똑똑하고 건강한 50대 초반의 여성이고 어디에 있든 잘 있으리라 믿는 수밖에 없다. 엄마가 원해서 떠났으니 엄

마가 원할 때 돌아오길 기다리는 수밖에 없다.

요새 부쩍 아빠는 뭔가를 고민하는 눈치였다. 혼자 술을 마시기도 하고 긴 통화를 하기도 했다. 손님이 없는 시간에 공인중개사 아저씨와 가게를 둘러보며 대화를 나누기도 했다. 나는 이제 막 첼시 호텔이 조금 좋아졌는데 아빠는 이곳을 떠나려는 건가 싶어 서운한 마음이 들었지만 내가 관여할 바는 아닌 것 같았다. 가게에 가장 큰 애정을 가진 아빠가 누구보다 더 잘 결정해 나가리라 '믿는다.'

날은 조금씩 추워졌다. 깨작깨작 아껴 깨물어 먹던 큰 막대사탕처럼 올해가 줄어들고 있다. 가게에도 보일러와 히터를 틀기 시작했다. 시간이 흐를수록 마음은 불안해졌다. 학교를 안 나간 지 사 주 가까이 흘렀다. 이곳에 계속 있는 게 맞는지, 정말 이대로 학교를 안 나가 버리면 내 인생은 어떻게 되는지, 미인정 결석으로 생기부는 물 건너갔을 텐데 정시는 가능할지, 여전히 대학에 갈 의지는 있는 건지, 정지유와 김도영과는 어쩔 셈인지, 가만히 기다릴 게 아니라 엄마를 찾아 나서야 하는 건 아닌지. 하지만 어느 것 하나에도 제대로 된 대답을 할 수 없었다. 도저히 손댈 수 없이 엉망이 된 방을 바라보는 기분이었다. 가끔 용기를 내어 방문을 열었다가 다시 닫는 수밖에 없었다.

그런 나의 기분은 다른 사람에게도 전달이 되는 모양이다. 연극배우 아저씨는 오늘 나를 보고 쫓기는 타조 같다고 했다.

"타조는 쫓기면 막 머리만 파묻거든? 그럼 상대도 자기가 안 보이는 줄 알고."

부정할 수가 없다. 모든 일을 외면하고 첼시 호텔에 머리만 파묻고 있는 꼴이 타조랑 똑같다. 맨날 허허 웃고만 다니면서 의외로 허를 찌르는 말을 한다. 바테이블 끝에서 만두를 먹다가 아저씨의 말에 내상을 입었다.

아빠가 아저씨에게도 만두를 내주면서 말했다.

"락영이는 타조가 아니야."

"그럼 뭐야?"

"두더지에 가깝지. 암중모색 중이지만 바깥에선 알 수 없지."

"나랑 같은 과야?"

"스스로를 그런 귀여운 동물에 비유하는 게 양심이 있는 거야?"

아빠와 아저씨는 웃었지만 난 웃을 수가 없었다. 타조도 두더지도 다 별로다.

잠시 후 세라 언니가 왔다. 언젠가 아빠와 엄마가 세라 언니에 대해 이야기한 적이 있다. 단 한 번의 연애와 실연을 하고 누구와도 관계 맺지 않고 살아간다고. 20대에 시작한 연애는 30대에 끝났고 그 뒤로 인생이 끝나 버린 것처럼 아무에게도 마음을 주지 않고 혼자 지낸다. 친구도 동료도 없다. 부모와도 교류하지 않는다. 유일한 낙은 퇴근 후 첼시 호텔에 잠시 머무는 것뿐.

하지만 세라 언니는 그다지 우울해 보이지 않는다. 잘 웃고 잘 먹고 잘 마신다. 목소리도 크고 사람들과 대화도 잘한다. 그런 사람이 그렇게 큰 상처를 품고 있다는 걸 믿기 어렵다. 예전에는 하나도 궁금하지 않았던 것들이 요새는 궁금하다. 누구를 얼마나 사랑했는지, 왜 헤어졌는지, 헤어질 때 어땠는지, 지금은 어떤지. 내가 모르는 감정들에 대해 이 사람들은 잘 알 것 같다. 어른이어서가 아니라 모두 어딘가 조금씩 훼손되거나 뭔가를 잃어 본 사람들이니까.

그날 세라 언니는 밤늦도록 머물렀다. 다음 날 연차를 써서 쉰다고 했다. 언니가 맥주를 네 병쯤 마셨을 무렵 어쩌다 보니 나는 언니 옆에 자리하게 되었다. 언니는 맥주와 피스타치오를, 나는 오렌지주스와 카스텔라를 먹었다.

"너 요새 학교 안 가? 맨날 가게에 나온다?"

"학교 안 가요."

"곧 고3 아니었어?"

언니가 진심 동그래진 눈으로 나를 바라봤다. 그러더니 맥주병을 내 오렌지주스에 부딪치며 "로큰롤 베이비!"를 외치고는 깔깔 웃었다.

나는 학교에서의 일을 언니에게 털어놓았다. '로큰롤 베이비!'

를 호쾌하게 외치던 세라 언니의 모습에 그냥 그러고 싶단 생각이 들었다. 누구에게도 말하기 어려울 거라 생각했던 이야기가, 엉킨 실 끝을 세라 언니가 잡고 끌어당기기라도 한 듯 한 가닥씩 천천히 내 안에서 뽑혀 나왔다.

내 이야기를 듣고 언니는 아빠에게 노래를 신청했다. 엘보우의 〈The Take Off and Landing of Everything〉.

우리는 말없이 노래를 함께 들었다.

"모든 것엔 이륙과 착륙이 있는 거야. 나는 실패했지만 락영이 네가 잘 착륙하기를 바라."

나의 마음도, 이 미칠 듯한 질투와 미움과 사랑도 언젠가 착륙하듯 끝나는 것이라면 대체 왜 우리는 사랑을 하지. 어차피 하강할 텐데. 어차피 끝을 향해 갈 텐데.

"어차피 비슷하게 끝날 텐데 다 무슨 소용이 있어요?"

"하지만 우린 그사이에 하늘을 날지."

나는 언니의 옆얼굴을 바라봤다. 언니는 묘한 얼굴로 웃고 있었다.

"있잖아, 나, 다시 한 번만 날 수 있다면 아주 높은 곳에서 떨어져 죽어도 좋아."

세라 언니는 그런 마음으로 살고 있었다. 다시 한번 날 수 있기를 바라는 마음을 품고.

돌이킬 수 있다면 김도영을 다시 만날 건가?

이 모든 걸 다시 겪는다 해도, 김도영이 정지유와 결국 또 사귀는 결말이라 해도…… 김도영을 모르고 사는 삶은 싫다. 그 애를 바라볼 때 풍선처럼 부풀어 오르던 마음, 그 애의 모든 게 영원히 내게 속하지 못한다는 것을 알면서도 멈춰지지 않는 사랑, 너무나 많은 감정이 나를 통과하며 내가 낯선 존재로 변해 감을 느끼는 시간. 김도영을 통과한 나는 이전의 나로 돌아갈 수 없음을 안다.

아주 오랜만에 김도영의 X를 열었다. 김도영의 손 사진이 있었다. 두 손이 다 나온 걸 보아 지유가 찍어 준 듯했다.

S가 학교에 오지 않은 지 29일째.

연결된 타래를 보고 심장이 쿵 떨어졌다.

S가 학교에 오지 않은 지 28일째.

S가 학교에 오지 않은 지 27일째.

.

.

.

그 트윗들은 내가 학교를 안 나간 지 칠 일째부터 시작됐다. 매일매일 내가 없는 날을 세었다. 고양이 사진과 어두워지는 골목 사진, 최근 본 연극 리뷰들 사이 김도영은 나에 관한 트윗을 올렸다. 적어도 하루에 한 번은 내 생각을 했다는 거다.

숨이 쉬어지지 않을 정도로 기뻤다. 기뻐하는 내 모습이 얼마나 바보 같아 보일지 알았지만 그래도 기뻤다. 나는 김도영에게 쪽지를 보냈다.

▷ 잘 지냈어?

▶ 오랜만이다? 너도 잘 지내?

폰을 보고 있었는지 김도영에게서 답이 금방 왔다.

▷ 바빠서 SNS를 전혀 못 했어.

▶ 공부 열심히 하는구나. 난 그냥 평소처럼 노는데.

▷ 그런데 S는 누구야? 누가 학교에 안 와?

▶ 내 친구야. 학교에 계속 안 나와서 애들이 많이 걱정하고 있어.

▷ 무슨 일이 있었어?

▶ 그냥 이런저런 일들. 만나면 할 이야기가 많은데 연락이 안 돼.

긴 심호흡을 한 후 답장을 보냈다.

▷ 나 S가 어디에 있는 줄 알아.
▶ 네가 S를 안다고??? 너 누구야???
▷ S는 여기에 있어.

나는 첼시 호텔의 위치를 전송했다.

▶ 너 누군데?
▷ 첼시 호텔에서 만나.

대답을 보지 않고 곧바로 X를 닫았다. 김도영에게 왜 이곳을
알려 줬는지는 나도 잘 모르겠다. 내가 학교에 돌아오길 기다리
고 나를 걱정하고 있다는 사실을 알게 되자 언제까지고 숨어 있
을 순 없다는 생각이 들었다. X를 닫고도 한참이나 손의 떨림이
멈추지 않았다.

17. 가로축은 시간, 세로축은 공간

김도영이 나타난 시간은 이른 저녁이었다. 바로 다음 날 올 줄은 몰랐다. 아빠가 가게 문을 열었을 때 김도영은 가게 앞에 앉아 있었다고 한다.

웬 남자애가 널 만나러 왔다는 아빠 말에 급히 모자를 눌러쓰고 가게로 들어서려다 발걸음이 얼어붙어 버렸다. 가게로 향하는 통로에 선 내 모습이 스스로도 어이없다. 걔네로부터 도망쳐 숨고, 다시 내가 있는 곳을 알려 주고, 이젠 나갈 용기가 없어 주춤거린다. 세상에서 가장 한심한 술래잡기가 따로 없다. 김도영은 가게 벽과 천장에 잔뜩 붙은 LP 커버들과 영화 포스터들을 정신없이 살펴보는 중이었다. 등 뒤에 서 있던 아빠가 내 어깨에 손을 얹으며 작게 말했다.

"괜찮아."

그래도 내가 망설이자 아빠가 다시 말했다.

"bgm은 뭘로 틀어 줄까?"

"하지 마. 틀기만 해 봐."

내 목소리가 좀 컸는지 김도영이 나를 돌아봤다. 눈이 마주쳤다. 순간 심장이 귓가에 마른 소리를 내며 제멋대로 뛰기 시작했다.

"여기가 너네 가게야?"

김도영은 장난감 가게에 들어선 아이처럼 상기되어 있었다.

"여기는 왜 가운데가 그을렸어?"

"……손님들이 삼겹살 먹는다고 하다가 불나서."

"여기서 삼겹살을 먹는다고?"

김도영이 긴 잠영 끝에 숨을 터뜨리듯 푸학 하고 크게 웃었다.

"LP랑 CD가 진짜 많다. 몇 장이야? 누가 다 모은 거야?"

"아빠랑 엄마가……. 몇 장인지는 아무도 몰라."

"음악 도서관 같아."

곁눈질로 흘긋 보니 아빠는 가게에 없다. 아빠가 들었으면 이쯤에서 대화에 끼어들었을 것이다. 학생 그런 멋진 표현을 하다니, 자주 놀러 오게, 등등.

"뭐 마실래?"

"너도 여기서 일해?"

"일하는 것까진 아니고, 그냥……."

오렌지주스 두 잔을 가져다 제일 구석 테이블에 놓았다. 김도
영은 두리번거리던 것을 멈추고 의자에 앉았다. 면접이라도 보는
것처럼 손바닥에 땀이 고였다.

"너 X에 cucuii라고 알아?"

"어……."

"친구야?"

차마 나라고 말할 수 없었다. 내가 그렇게까지 음침하다는 걸
내 입으로 고백할 수 없다.

"지유는?"

"지유는 내가 여기 온 거 몰라."

"왜?"

"너랑 먼저 둘이 이야기하고 싶어서."

긴 침묵이 흘렀다. 여러 말들을 삼켰다. 김도영도 그러고 있
는 듯했다.

"지유한테는 내가 연락할게."

주스를 한 모금 마시고 단숨에 다음 말을 했다.

"미안하다고."

내 말에 김도영은 작게 웃었다. 그리고 오른팔을 들어 왼쪽에
서 오른쪽으로 수평으로 선을 긋는 시늉을 했다.

"락영아, 이게 시간이야."

그런 뒤 같은 팔로 위에서 아래로 수직으로 그으며 말했다.

"그리고 이건 공간이야."

"어?"

"나는 문과 지망이라 제대로 설명은 못 하지만, 이렇게 무한한 시간이랑 공간 속에 두 개의 축이 만나는 지점에 지금 여기, 내가 존재하는 거래."

"누가 그래?"

"책에서. 결국 모든 존재는 시공간 속에 있는 하나의 점들인 거야. 3차원의 무수한 점들을 상상해 봐. 그러다 그게 누군가와 겹치면 서로를 만나는 순간인 거지."

"들어 본 적 있는 것 같아."

"근데 그 점들이 겹치는 순간은 아주 찰나야. 각자가 처한 시간과 공간은 계속해서 변하니까, 어떤 존재들이 만나 함께하는 '지금'이란 건 아주 짧아."

김도영은 오렌지주스로 입을 축이고 나를 바라봤다. 나는 김도영의 다음 말을 기다렸다.

"그러니까 우리는 서로 다정하게 대해야 해. 이 우주에서 우리는 모두 혼자이고 교차점을 통과하는 짧은 사이에만 함께일 뿐이니까. 그 짧은 시간이 끝나면 다시 혼자 먼 길을 가야 하니까."

"너 좀 사이비 교주 같아."

"정지유도, 너도, 나도 각자 아무도 모르는 사정을 가지고 열심히 살아가고 있잖아. 우리 셋뿐만이 아니고 모두가. 모두가 공평하게 외로워."

나는 천천히 고개를 끄덕였다. 김도영이 하는 말을 이해할 수 있었다. 누군가의 말에 완전히 귀 기울여 줄 수 없다 하더라도 우린 서로를 다정하게 대해야 한다. 결국엔 누구나 혼자인 걸 알기 때문에. 다시 만날 때까지 혼자인 시간을 잘 견디기 위해.

핑크 플로이드의 〈Wish You Were Here〉가 스피커를 통해 흘러나왔다. bgm 틀지 말라 그랬는데. 분명 우리의 대화를 엿듣고 타이밍 맞춰 튼 게 틀림없다. 아빠는 본투비 디제이니까. 오래된 나무 스피커에서 지직거리는 라디오 소리가 들리더니 가는 기타 선율이 따라왔다. 잠시 후 좀 더 큰 기타 선율이 포개지며 가게 안은 기타 소리로 가득 찼다.

김도영의 눈이 점점 커지다 음악이 클라이맥스에 이르자 입도 벌어졌다. 온몸의 통로를 다 열고 음악을 빨아들이려는 미지의 생물 같아 보였다. 첼시 호텔이 처음으로 자랑스러웠다. 김도영이라는 점과 나라는 점이 만난 장소가 이 넓은 세계의 다른 곳이 아닌 첼시 호텔이어서 다행이다. 그리고 어디서든 〈Wish You Were Here〉가 나올 때마다 김도영을 떠올리겠지. 아빠의 설계에 당했다.

여기까지다. 이제 김도영에 대한 마음을 접을 때다. 내 마음이니 마침표는 내가 찍어야 한다. 한 번도 꺼내 놓지 못한 마음이지만, 닿아 보지 못한 마음이지만 이걸로 됐다. 김도영과 온전히 한 곡의 음악을 들은 것으로 충분하다. 충분하려고 한다. 이제부터는 전력을 다해 잊을 거다. 친구의 남자친구. 그 이상도 이하도 아닌 감정으로 김도영을 대할 것이다. 그것이 정지유와 관계를 회복할 수 있는 유일한 길이기도 하다.

김도영이 떠나고 내게 한 이야기를 곰곰이 생각해 봤다. 그리고 내가 좋아한 게 김도영이라 다행이라고 생각했다. 이상하고 시시한 애를 좋아한 게 아니라서, 김도영이라서.

돌아갈 시간이다. 내가 속한 곳으로. 나는 휴대폰을 켜고 쌓여 있던 문자와 메시지를 모두 확인했다. 그리고 정지유에게 전화를 걸었다.

"그럼 이제 학교 나오는 거야?"

카페에서 만난 지유는 내 눈을 보지 않고 물었다. 내가 진심으로 미안하다고, 네 이야기를 듣지도 않고 오해한 것 같다고 말한 직후였다.

사과를 한다는 건 용기를 필요로 하는 일이었다. 나의 어리석음을 인정하고 상대에게 용서를 구하는 일. 입안이 마르고 등이

땀으로 축축해졌지만 분명한 목소리로 마음을 다해 사과했다. 하지만 지유는 아무런 답도 하지 않았다. 사과를 하는 일까지만 생각했지 상대가 받아 주지 않을 수도 있다는 건 생각하지 못했다. 당황한 나머지 머릿속이 새하얘졌다. 테이블 위 겨울 시즌 메뉴로 나온 시나몬 라테가 식어 가고 있었다.

"어, 그래야지. 유급되면 안 되기도 하고."

"나도 가다 말다 해, 학교. 어차피 대학 갈 거 아니라 졸업장만 있으면 되니까."

"정말 대학 안 가기로 확실히 결정한 거야?"

덤덤한 표정으로 지유는 그렇다고 했다. 정지유가 낯설었다. 살이 많이 빠지고 웃음이 줄어 조금 냉소적으로 보이는 걸지도 모르겠다. 헐렁한 맨투맨 끝에 빠져나온 팔목이 확연히 가느다래졌다. 단걸 좋아하고 감정 표현이 풍부하던 정지유는 내가 보지 못한 새 다른 사람이 된 것 같다.

"정지유, 너 왜 이렇게 말랐어?"

"너도 마찬가진데……"

지유도 나만큼이나 힘든 시간을 보냈음을 알 수 있었다. 하지만 짧은 대화와 긴 침묵을 반복하는 동안에도 우리는 아직 중요한 이야기에 접근하지 못했다. 지난 이야기를 꺼내려 하면 지유가 의도적으로 화제를 다른 쪽으로 돌렸다.

"화장실 좀 다녀올게."

정지유가 잠깐 자리를 비운 사이 내가 마저 해야 할 말을 정리했다. 아무것도 들으려 하지 않아 미안하다고, 뭐가 됐든 이유가 있었으리라 믿는다고, 네가 말해 줄 때까지 기다리겠다고. 자리로 돌아온 정지유가 물기 묻은 손을 슥슥 옷에 닦는 걸 쳐다보다가 걷은 소매 아래쪽의 상처를 보고야 말았다.

"너 이거 뭐야?"

지유의 손목을 잡아챘다. 소매를 좀 더 걷어 올리니 상처와 푸른 멍 자국들이 드러났다. 단순히 넘어지거나 부주의한 실수로 생긴 것처럼 보이지 않았다.

"누가 이랬어?"

지유는 내 손을 뿌리치고 소매를 내렸다. 정지유의 얼굴이 새빨개졌다. 카페는 지나치게 조용했고 사람들이 우리를 흘긋거렸다.

"나와 봐."

채 마시지 못한 음료를 반납하고 지유를 끌고 밖으로 나왔다. 저녁 시간의 종로는 퇴근하는 직장인들로 가득했다. 걸어도 걸어도 한적한 장소가 나오지 않았다.

우리는 청계천으로 내려갔다. 바람이 차가워진 계절이라 인적이 드물었다. 머리 위로 수많은 차들과 사람들이 지나가고 있었지만 청계천 길에서는 냇물 흐르는 소리가 들렸다. 거기서도 우리는 한참 걸었다. 무슨 말을 해야 할지 알 수 없어서 걸음을 멈출 수 없었다. 슬펐고 화가 났고 속상했고 안타까웠다. 여러 감정들이 나를 찔렀다. 제어할 수 없이 눈물이 줄줄 났다.

"누가 그랬어?"

마침내 사람이 하나도 없는 곳에 이르렀다. 벤치에 앉은 지유 앞을 서성이다 긴 망설임 끝에 물었다.

"정아라 알지?"

"응."

"걔가 어부야."

"뭐? 걔가 대체 왜?"

"그리고 내 언니야."

"무슨 소리야? 우리랑 동갑 아냐?"

"동갑 맞아. 생일 한 달 차이야."

"그게 도대체……."

"엄마가 달라. 정확히 말하면, 걔네 아빠가 바람피워서 태어난 애가 나야."

드라마에서, 그것도 막장 드라마에서만 보던 이야기를 지유가 하고 있었다. 바람, 불륜, 혼외자……. 한 번도 생각 안 해 본 낯설고 어두운 단어들. 내 마음도 함께 털썩 주저앉았다.

"정아라는 올해 내 존재를 알았어. 그것도 우리 엄마가 알려서. 입시 망치려고 기다렸다가 일부러 고2 중간고사 때 말한 거야. 우리 엄마라고 하기도 부끄러운 사람은, 평생 정아라네 아빠가 이혼하고 자기한테 올 거라 믿고 있었어. 그렇게 올 거였으면 진작 왔겠지. 우리 엄마는 상간녀 소송으로 위자료도 내고 동네며 전 직장에서도 망신당하고, 그러면서도 절대 그 남자를 안 떠나. 나 때문이래. 내게 어엿한 가정을 만들어 주고 싶대. 그래서 나는 내 존재가 너무 끔찍하게 느껴져."

지유의 엄마는 정아라보다 네가 더 나은 딸이 되어야 한다고 누누이 말했다고 한다. 그 남자의 '최종 선택'을 받으려면 그래야 한다고. 비뚤어진 어른이 만들어 낸 끔찍한 현실이었다.

"당연한 일이지만 정아라는 나를 싫어해. 세 번째 벌레 테러 때 알았어. 교실 뒷문에서 딱 마주쳤거든. 걔네 아빠가 우리 엄마랑 낚시 다녀온 다음 날마다 그런 짓을 해 왔어. 내가 뭔 짓을 해도 좋으니 학교 애들한테만 말하지 말라고 빌었어. 돈도 주고 물건도 주고 해 달라는 건 다 했어. 근데 결국엔 다 알아 버렸어."

"어떻게?"

"정아라랑 한판 붙었어. 아니, 사실 내가 맞아 줬어."

"왜?"

"그냥 걔가 너무 서러워 보여서."

"네가 뭘 잘못했다고?"

"우리 엄마의 잘못된 선택으로 나온 게 나잖아. 정아라가 보기에 난 모든 잘못된 선택의 최종 결과물이지."

"왜 그런 말을 해……."

"근데 나도 엄마를 닮았나 봐. 자꾸 잘못된 선택을 해."

"무슨 선택을 했는데?"

정지유는 눈물 고인 눈으로 가만히 날 바라봤다. 눈빛 속에 많은 말들이 담겨 있었지만 차마 더 물어볼 수 없었다. 지유가 이런 일을 겪는 동안 나는 쪽방에서 잠만 잤다. 정지유를 원망하고 미워하며. 정지유의 사정이나 마음 같은 건 알고 싶지 않았다. 내 마음이 제일 중요했고 나는 나로 가득 차 있어서 다른 것을 돌아볼 여유 따위는 없었다. 그 시간 속의 내가 부끄러워 어둠 속에서도 고개를 들 수 없었다.

"그날 집에 가서 내 물건들, 내가 아끼는 것들, 엄마가 간직하던 내 어릴 적 일기장이며 엄마랑 나랑 찍은 사진 같은 것들 다 찢어 버리고 엄마를 떠날 거라 말했어. 다시는 날 볼 생각 하지 말라고. 예전엔 엄마랑 싸우면 그 아저씨랑 관련된 물건을 부수고 망가뜨렸는데 그날은 달랐어. 엄마가 그 관계를 끝내지 못하면 내가 사라지는 수밖에 없다고 생각했어."

"······엄마도 팔에 이 상처들을 봤어?"

"응. 보여 줬지. 엄마 덕분에 얻은 상처들이니까. 그 누구보다 엄마가 가장 나에게 상처 주고 있다는 걸, 내 영혼을 죽이고 있다는 걸 말해야 했어."

나는 지유의 작은 몸을 끌어안았다. 미안하다는 말도 몰랐다는 말도 의미 없어 보였다. 그 애를 안아 주는 일 말고는 다른 걸 생각할 수 없었다. 같은 시간과 공간 속에서 마침내 만난 두 개의 점처럼. 지유는 "왜 이래, 나 괜찮아." 하고 중얼거리다가 내 품에 안겨 한참 가만히 있었다. 우리는 세상에 둘만 남은 것처럼 서로를 꼭 껴안고 마음속의 고통이 잦아들기를 기다렸다. 밤은 아주 길었고 지유의 이야기와 우리 둘의 모습을 그 검은 장막 아래 숨겨 주었다.

18. 나를 바라봐 주는 신이 없을 때 해야 하는 일

학교로 돌아갔다. 등교 거부를 시작하고 삼십삼 일째 되는 날이었다. 오랜만에 입는 교복이 어색했지만 정지유와 김도영이 집 앞으로 찾아와 함께 등교해 줘서 용기가 났다. 아침에 마주친 최수민이 어제 본 것처럼 환하게 웃으며 "하이하이!" 하고 인사해 줬다. 나도 덩달아 큰 소리로 인사를 했다. 조금 어색했던 기분이 사라져 버렸다. 마침내 제자리로 돌아왔다는 기분이 들었다.

담임 면담과 학교 위클래스 면담이 종일 이어졌지만 견딜 만했다. 교실의 아이들은 대부분 나를 반겨 주었다. 대외적으로 내 결석의 이유는 '입시 압박으로 인한 공황장애, 우울증'으로 되어 있었다. 십팔 일은 담임 재량으로 체험학습으로 대체되어 실제 무단 결석일수는 그다지 길지 않았다. 그간 아빠가 나 모르게 몇 번 학교를 찾아갔던 모양이다. 교과 선생님들은 날 깨지기 쉬운 유리처럼 대했고 아무도 학생부나 결석에 대해 직접적으로 묻지 않았다.

"내가 이런 말 하는 거 우습겠지만, 대입이 인생 전부는 아니야. 인생 전부인 것처럼 굴어야 그 순간 최선을 다하니까 분위기를 그리 만드는 거뿐이야. 그러니 도망갈 필요까진 없어. 학생의 의무도 있지만 동시에 학생은 보호받아야 하는 권리도 있으니까 힘들 땐 선생님한테 얘기를 좀 해."

담임의 말은 담임과 어울리지 않았다. 그래도 무슨 말을 하고 싶은지는 알 수 있었다. 나는 남은 시간 최선을 다해서 수능 준비를 하겠다고, 그러고도 안 되면 재수도 고려하겠다고 했다. 담임은 아직 완전히 학종을 망친 건 아니라고 했다. 앞으로의 태도에 따라 자소서로 커버할 수도 있다고. 나 역시 다음으로 미루기엔 열심히 해 왔던 시간이 아까웠다.

학교를 안 나가면 세상이 끝날 것처럼 출결에 목숨 걸 때가 있었는데, 전생의 일 같다. 그래도 돌아왔을 때 여전히 내 자리가 있어 좋았다. 지난 한 달은 내가 어떤 사람인지 알 수 있었던 시간이었다. 이제 내가 어떤 사람이 되고 싶은지 고민할 차례다.

책상 서랍에는 노란 포스트잇이 가득했다. 내가 학교에 안 나오는 동안 지유가 써서 넣어 둔 쪽지들이었다. '보고 싶어.' '미안해.' '오늘 크림 파스타 나왔는데 네가 좋아했을 텐데.' '담임이

종례 때 크게 화를 냈어.' '오늘 체육 땡땡이쳤다.' '밥은 잘 챙겨
먹어?' 온갖 시시콜콜한 이야기들이 적혀 있었다. 나는 접힌 포
스트잇을 한 장 한 장 펴서 잘 포갠 후 책갈피에 보관해 두었다.

  학교에서 지유는 왕따가 되어 있었다. 불륜으로 태어난 딸로
완전히 낙인이 찍혔다. 아이들은 지유를 존재하지 않는 사람처
럼 대했다. 그런 모습을 보고 있자니 지유가 김도영과 사귀어서
다행이란 생각이 들었다. 내가 학교로 돌아오고 다시 우리 셋
이 다니자 지유에 대한 시선도 많이 나아졌다. 시간이 지나 이
제 관심이 사라진 걸 수도 있겠다. 아무튼 우리 셋은 작은 공동
체처럼 같이 밥을 먹고 같이 숙제를 하고 같이 등하교를 하며
같이 시간을 보냈다. 지유는 김도영과 단둘이 있을 때보다 셋이
있을 때가 더 편안하다고 했다.

  "세상 모든 사람이 날 미워해도 너네 둘만 있으면 아무렇지도
않을 것 같아."

  "세상 모든 사람이 다 널 어떻게 알아?"

  책 읽던 김도영이 장난스레 물었다.

  "말이 그렇다는 거야."

  "뉀뉀."

  말은 그렇게 해도, 정지유는 우리를 떠난다. 곧 엄마와 말레이
시아행 비행기를 탄다. 지유의 엄마는 지유가 정아라와 크게 싸

운 그날의 소동 이후 지유를 데리고 한국을 떠나기로 결심했다. 직장에 해외 파견 신청을 했고 받아들여졌다. 지유의 엄마는 다시는 한국에 돌아오지 않겠다고 했다. 그러지 않고서는 끊어 낼 수 없는가 보다. 어떤 사랑은 모든 것을 다 태워 버릴 만큼 눈먼 불길 같아서 멀리 달아나야만 살아남을 수 있다.

무엇을 하고 싶은지 무엇이 될지, 지유는 천천히 생각해 보겠다고 했다. 가서 학교를 다닐지 말지도 정하지 않았다. 당분간 아무것도 안 하기가 유일한 계획이라고 했다.

"락영아, 프링글스 개발한 사람이 자기 죽으면 화장해서 프링글스 통에 담아 달라 그랬대."

"어지간히 좋았나 보네."

"나도 그런 거 찾고 싶어. 죽어서까지 가져가고 싶은 거. 평생 자랑스럽고 사랑하는 거."

"무슨 맛 통에 넣어 달라 그랬대?"

"……오리지널 맛?"

언젠가 지유와 나눴던 대화가 떠올랐다. 얼마나 시간이 걸리든 지유는 찾아낼 수 있을 거다. 자신만의 프링글스 통.

엄마는 퇴근하는 사람처럼 심상하게 돌아왔다. 학교에 다니며 다시 집으로 들어온 지 이틀 후였다. 새까맣게 탄 얼굴에 치

아만 새하얗게 빛났다.

"누구세요?"

정말 모르는 사람같이 느껴져서 그렇게 물었다. 엄마는 흰 치아를 드러내고 웃으며 내 어깨를 때렸다. 아빠에게 전화해 가출한 사람이 돌아왔다고 전했다.

"가출이라니? 여행 다녀온다고 자세히 적어 두고 갔는데."

엄마는 빠른 걸음으로 안방으로 들어갔다. 안방 화장대 거울에 편지가 한 통 끼워져 있었다.

"뭐야, 이거 아무도 안 읽은 거야?"

고개를 저었다. 편지엔 엄마가 여행을 좀 해야겠다고, 마음이 힘들다고, 한 달쯤 걸릴 예정이고 가는 곳은 태국 치앙마이라고, 혼자 머리를 식히고 싶은 거니 연락 없어도 걱정 말라고, 비상시엔 여기로 연락하라며 태국에서 쓰는 연락처를 적어 놓았다.

"요새 누가 폰 놔두고 편지를 써?"

"영화 보면 다 편지로 하더라고."

아빠와 나는 당연히 엄마가 우리를 떠났을 거라 짐작했다. 엄마의 메시지를 찾아보지도 않았다. 엄마는 우리의 걱정을 걱정해 거의 보고서급 편지를 작성하고 떠났는데. 버려진 기분에 슬퍼했던 게 바보 같다.

엄마는 여행지에서 세 명의 친구를 사귀었다. 호텔에서 계속 묵는 게 비싸 단기 렌트를 하려 찾은 하우스 메이트들이었다. 엄마보다 열 살이 많은, 여섯 달째 세계여행 중인 망고와 대학생인 레몬, 여행 작가인 애플. 국적도 나이도 하는 일도 제각각인 이들은 서로의 이름을 발음하기가 쉽지 않아 과일 닉네임으로 통일했다고 한다.(엄마는 두리안이다.) 모두 한 자매처럼 함께 놀고 밥 먹고 자전거 타고 수영하며 가까워졌다고 한다.

엄마는 수백 장이 넘는 사진들을 보여 주며 엄마가 한 달간 얼마나 즐거웠는지, 집도 직장도 깡그리 잊고 얼마나 잘 지냈는지 일일이 설명해 주었다. 내가 학교에도 가지 않고 방구석에 처박혀 땅굴을 파는 동안 엄마는 매일이 파티였나 보다. 그러지 않으려 해도 자꾸 서운한 마음이 들어 표정 관리가 되지 않았다.

"거기 계속 있지 뭐 하러 돌아왔어. 무지 좋아 보이는데."

"그러게. 이상하지. 매일 즐거웠는데도 매일 생각나더라. 우리 집이랑 우리 동네, 우리 가족."

엄마는 언젠가부터 출근하는 게 너무 힘들었다고 한다. 버스나 지하철에서 스치는 사람들의 목소리와 체취도 견디기 힘들고, 출근해서는 민원인이 창구 앞으로 다가오기만 해도 손바닥에 땀이 흥건해지며 머리가 아득해졌다고. 불쑥 화가 나기도 했다. 억지로 참고 일하는데 집 한 채 없이 쪼들리고 나아질 기색도 보이지 않는 삶이 지긋지긋하게 느껴졌다. 남편은 욕심도 목표도 없이 하루하루를 그냥 살아가는 하루살이처럼 굴고 딸은 절약하는 엄마를 '티끌 모아 티끌이야.' 하며 한심하게 여겼다.

"이제 와서 하는 말이지만 엄만 정말 힘들었어."

엄마의 유일한 낙은 매주 수요일마다 도시락 대신 직장 근처의 카페에서 샌드위치와 과일주스를 사 먹는 것이었다. 그 한 끼는 작은 사치였지만 큰 즐거움이기도 했다. 그러나 문제의 그날, 엄마는 샌드위치와 과일주스를 사기 위해 카페를 갔고 '폐점합니다.'라고 붙은 종이를 보게 된다.

"지금 생각하면 별것 아닌데, 당시엔 낭떠러지에 간신히 매달려 있는데 누군가 내 손을 밟아 버리는 느낌이었어. 불행의 조각들이 쌓이고 쌓이다 마침내 우지끈 하고 내 안에서 뭔가 산산이 부서져 버리는 기분. 내가 온 우주로부터 미움을 받고 있구나, 나를 바라봐 주는 신이 없구나."

엄마는 그길로 직장에 휴직계를 냈고 당분간 떠나 있어야겠다고 생각했다. 원래도 엄마는 행동파였다. 무언가를 결심하고 실행하면 아무도 말릴 수 없었다.

엄마가 그렇게까지 힘들어하는 줄은 몰랐다. 상상도 해 본 적 없다. 엄마는 늘 엄마니까. 아빠와 나를 챙겨 주고 언제나 모든 문제에 해결책을 가지고 있던 사람이었으니까. 문득 김도영이

했던 말이 생각났다. 모두들 아무도 모르는 사정을 안고 열심히 살아가고 있다는 말. 우리 모두가 공평하게 외로우니 서로를 응원하고 격려해야 한다는 말.

　엄마와 저녁을 차리는데 도어록 누르는 소리가 들렸다. 우당탕 부엌으로 달려 들어온 아빠는 영화의 한 장면처럼 엄마를 힘껏 껴안았다. 못 볼 꼴이다 싶어 방으로 조용히 들어왔다. 365일 가게 문을 여는 게 철칙인 아빠가 가게를 닫고 집으로 일찍 들어왔다. 엄마의 편지를 우리가 발견하지 못한 게 잘된 일일지도 모른다. 엄마 존재의 중요성을 확실히 인지했다. 떠나야만 깨달을 수 있는 건 떠난 사람만이 아니고 남은 사람들도 그렇다.
　"그게 정말이야?!"
　심상치 않은 큰 소리가 들려 부엌으로 나갔다. 엄마의 얼굴에 당혹감과 낭패감이 어려 있었다.
　"맨날 접으라고 얘기한 게 누군데?"
　"그래도 구체적인 건 나랑 의논하고 정해야지."
　"없는데 어떻게 의논해."
　"여행하는 동안엔 기다리는 게 맞지."
　"언제 올 줄 몰랐다니까?"
　"그렇다고 이렇게 갑자기 넘겨 버렸다고?"

"맨날 접으라고 한 게 누군데?"

둘의 대화는 도돌이표를 찍으며 반복됐다. 엄마가 여행 간 동안 아빠는 가게를 접기로 결심하고 부동산에 내놨다. 아빠는 가게를 고집하는 아빠 때문에 엄마가 가출한 거라고 생각했으니까. 오히려 엄마는 여행하는 동안 생각이 바뀌었다. 아빠가 가장 사랑하는 장소를 정리하라고 일방적으로 종용한 것에 대해 후회했다. 돌이켜 보면 엄마 자신도 가게에 큰 애정을 갖고 있었다. 한국으로 돌아가면 이전처럼 가게에도 나가고 공연도 해 보기로 결심했다. 노래를 한 지 아주 오래됐지만 다시 노래한다면 행복할 것이라고.

"내일이 계약일이야."

"사랑부동산 김 사장님이야?"

"어, 계약하는 사람도 잘 아는 사람인데 카페로 업종 변경한대."

엄마는 큰 한숨을 쉬었다. 아빠도 따라 한숨을 쉬었다. 둘이 미로에 갇힌 쥐처럼 하염없이 좁은 집을 돌아다니는 소리를 밤새 들었다.

"내 인생에서 좋은 순간은 전부 첼시 호텔에 있었어. 당신과 결혼하고 락영이를 갖고 친구들 모두 그곳에서 만났지. 없어진다는 건 이제 상상할 수 없어. 좀 더 가 보자. 힘내서."

"난 여보가 그런 결단을 내리는 걸 상상도 못 했어."

"나 좀 멋졌지?"

"어, 근데 완전 민폐긴 했지."

다음 날 계약을 엎고 온 두 사람은 굉장한 모험담이라도 되는 것처럼 이야기하고 또 이야기했다. 계약 파기의 현장에서 엄마가 얼마나 결단력 있었는지, 그렇지만 마지막 순간까지 얼마나 고민했는지, 계약을 하러 온 사람은 얼마나 황당해했는지, 적금을 깨 가계약금 배액배상을 할 때 얼마나 짜릿했는지. 두 사람은 오랜만에 행복해 보였다. 엄마는 아빠가 자기를 위해 가게를 포기하려 했다는 사실에 감격했고 아빠는 엄마가 마지막 순간 가게를 지키기로 결정했다는 사실에 감격했다.

『크리스마스 선물』이 떠올랐다. 머리카락과 시계를 팔아 서로에게 줄 시곗줄과 머리핀을 샀지만 무용해졌던 선물. 대화가 부족해 보였던 두 연인이 잘 이해가 안 갔는데 이번에도 감상평이 비슷했다. 적금만 깨졌는데 둘은 좋아하고 있다. 내가 어떻게 생각하건 둘은 부동산에서의 모험담을 갈무리하며 낄낄거리며 맥주 캔을 따고 건배했다.

"되찾은 첼시 호텔을 위하여!"

"위하여!"

부모이지만 조금 한심해 보였다는 건 안 비밀.

며칠 후 엄마는 학교에 방문했다. 장기 결석으로 징계는 받지 않았지만 보호자가 학교에 와 필요한 서류를 작성하고 담임과 상담하는 과정이 필요했다. 수업을 마치고 나가는데 운동장 스탠드에서 엄마가 날 기다리고 있었다. 김도영과 정지유에게 먼저 가라고 하고 엄마에게 달려갔다.

"추운데 왜 밖에서 기다렸어?"

"햇볕이 좋아서."

"안 그래도 새까맣게 탔는데 선탠이 더 필요해?"

"학교 오랜만이다. 너 때문에 학교 불려 오는 건 처음이고."

엄마가 마지막으로 학교에 온 건 초등학교 졸업식 때다. 그 뒤로 상담이나 학교 행사가 있어도 엄마는 오지 않았다. 대부분 자식이 중고생이 되면 학교 올 일이 없긴 하다.

"아까 걔가 김도영이야?"

고개를 끄덕였다. 엄마가 돌아온 다음 날, 오이를 얇게 썰어 얼굴에 잔뜩 붙인 엄마 옆에 누워 그간 있었던 일을 이야기했다. 정지유와 김도영에 대해, 내가 겪은 혼란에 대해, 김도영에게 느꼈던 감정에 대해. 학교를 한 달이나 가지 못했던 사정에 대해. 생기부를 망쳐 원하는 대학에 못 갈 수도 있다는 말까지 하며 엄마를 흘긋 바라보자 엄마는 내 손을 잡고 말했다. 위기가 때를 골라 찾아오진 않더라고.

"이제 진짜 마음 정리가 끝났어?"

"아, 엄마 애들 들어. 조용히 해."

"모범생처럼 생긴 애를 좋아하다니, 의외다."

"모범생 아니거든. 하여튼 어른들은 보고 싶은 대로 보려고 한다니까."

고해성사하듯 엄마에게 홀홀 털어놓긴 했지만 온전히 전달되었다고 생각하지 않는다. 엄마는 엄마의 틀에 맞춰 나를 이해하려 했을 것이다. 나의 언어 역시 모든 것을 표현하기에는 부족하다. 그날의 기분을, 그 밤의 마음을 어떤 단어로 어떻게 표현할까. 그저 그 불완전한 이야기에 귀를 기울여 주는 상대가 있음에 위안받는 것이다. 엄마가 나를 완전히 이해하던 시기는 영영 사라져 버렸지만 나는 안다. 그것이 내가 엄마로부터 독립한, 나만의 세계를 가진 존재가 되었다는 사실을 증명해 준다는 걸. 그리고 엄마도 그걸 알 것이다.

운동장에서는 운동부 애들이 달리기를 하고 있었다. 구령에 맞춰 일정한 속도로 몇 바퀴째 운동장을 빙글빙글 돌고 있다. 훈련인지 벌인지 모르겠다. 최수민을 찾아보려 눈을 가늘게 뜨고 노려보는데 잘 보이지 않는다.

"엄마가 치앙마이 가서 엄청 빈둥빈둥 놀았거든. 첨엔 집이며 직장이며 걱정거리가 한둘이 아니라 너무 불안한 거야. 그런데 애플이 그러더라. 모두가 달리는데도 끝까지 자기 속도로 걷는다는 건 용기가 필요하다고. 직장에서 늘, 뒤처진다고 생각했어. 맞벌이인데 남들만큼 살지 못하는 거 같아서. 어디로 가고 싶은지도 모르면서 남들 달려가는 방향으로 죽어라 달렸던 거 같아."

"엄마 달리기도 엄청 못하잖아."

"맞아. 지금에서야 가까스로 0이 된 것 같아. 너무 많은 시간 뭔지도 모르는 숫자들을 위해 살았다는 생각이 들어."

"그래서 이제 빈둥빈둥 베짱이의 삶을 살아 보겠다?"

"일단은. 휴직 중이기도 하고. 엄마 인생의 첫 방학 같은 거거든. 언젠가 달리고 싶은 날이 올 거야. 그때는 힘껏 달려 나가야 해. 너에게도 나에게도 그런 순간이 올 거라 믿어."

운동부 아이들이 스탠드 앞을 지나갈 때 최수민이 내게 손을 마구 흔들었다. 나도 손을 흔들었다. 최수민은 지쳐 보였지만 두 눈만은 생기로 가득했다. 그 애는 지금이 자신이 달릴 때라는 걸 선명하게 알고 있는 듯했다. 발맞춰 먼지구름을 만들며 앞으로 나아가는 수십 개의 발걸음을 바라보며 내가 전력질주해야 할 때가 언제쯤일지 가늠해 보았다. 언제일진 모르지만 그날이 기다려진다. 나는 엄마보단 달리기를 잘하는 편이다.

19. 너는 지브리를 졸업했고

대수능이 끝난 주의 금요일, 나의 두 바보 부모님들은 첼시 호텔을 되찾은 기념으로 파티를 열었다. 개업 이십 주년이기도 했다. 첼시 호텔의 단골들, 지박령 손님들과 친한 동네 지인들을 초대했다. 아는 사람 다 데려와도 된다고 했다.

대청소를 한 후 반짝거리는 수술을 달고 색색의 풍선과 가랜드로 가게를 꾸몄다. 유치원 생일 파티 느낌이 났지만 나쁘지 않았다. 아빠는 샌드위치와 카나페 등의 간단한 핑거푸드를 준비했고 냉장고를 술로 가득 채웠다. 오늘은 모든 게 공짜다. 이왕 적금을 깬 김에 장사건 살림이건 말아먹으려고 작정을 한 듯하다. 예전부터 중간이 없는 건 아빠나 엄마나 매한가지였다.

며칠 전 널빤지를 사다 뻥 뚫린 바닥도 막았다. 널빤지를 가리기 위해 당근마켓에서 산 카펫도 깔았더니 빈티지 느낌까지 난다. 이렇게 꾸며 주니 첼시 호텔이 좀 더 사랑스럽게 느껴진다. 꼬질꼬질 손때 탄 애착인형 같다. 나만 바라봐서 내가 돌봐주고 귀여워해 줘야 하는. 이 장소에 이런 감정까지 들 일인가.

쳌시 호텔에 사람들이 가득 차자 엄마는 은색 통에 향 같은 걸 담아 돌리며 정화의식을 했다. 과일 자매 중 한 사람이 선물로 준 거란다. 히솝이라는 허브로 공간을 깨끗이 하고 축복한다는 의미라고 했다. 이국적인 탄내가 새벽안개처럼 가게를 채웠다.

"확실히 삼겹살 태운 연기보다 괜찮다."

내가 아빠에게 속삭이자 아빠는 껄껄 웃었다. 엄마는 자신과 손님들 사진을 최대한 많이 찍어 달라고 나를 귀찮게 굴었다. 오랜만에 쳌시 호텔에 나타난 엄마는 내일이 없는 사람처럼 웃고 떠들었다. 이 밤이 지나면 각각 어딘가로 떠날 것이고 우리 모두가 다음에 언제 만나게 될지, 누구도 알 수 없다. 어쩌면 다음이란 게 없을 수도 있다. 나는 나와 잠시 교차하는 이 사람들에게 마음을 다해 다정하기로 결심했다.

손님들은 음식이며 꽃이며 LP 등을 선물로 들고 와 우리에게 건넸다. 세라 언니는 어디서 구했는지 알 수 없는, 자기 머리색처럼 새빨간 드레스를 입고 왔는데 묘하게 쳌시 호텔과 어울렸다. 이 장소에 출몰하는 80년대 유령 같아 보였기 때문이다. 모두 음식을 나눠 먹었고 좋아하는 음악을 함께 들었다. 동네 친구들도 단골들도 그 지인들도 거리낌 없이 어울렸다. 엄마는 세라 언니와 고작 언니, 나에게도 베리, 멜론, 페어라는 과일 이름을 붙여 줬고 덕분에 우리는 과일 자매 가계도의 한 부분이 되었다.

정지유와 김도영이 놀러 왔을 때 어른들은 한창 신나서 춤을 추거나 노래를 부르거나 큰 소리로 떠들고 있었다. 할 일 없으면 잠깐 들르라고 했는데 정말로 찾아와 줬다. 지유는 스누피 커피 우유를 한 봉지 가득 사 왔고 김도영은 자기가 찍은 사진들을 인화해 왔다. 동네 건물들, 노을, 지나가는 자동차 같은 일상적인 풍경이었지만 크게 인화하니 새로워 보였다. 멈춰서 바라보면 특별해지는 것들을 김도영은 아주 잘 찾는다.

엄마는 노래를 불렀다. 아빠는 기타를 쳤다. 사람들은 둘러앉아 엄마의 노래를 들었다. 패티 스미스의 〈Waiting Underground〉. 눈을 감고 몸을 느리게 흔들며 노래하는 엄마는 꼭 제사장 같았다. 우리는 제사장을 따르는 이 세상 마지막 인류이고 이곳은 세상에 하나밖에 안 남은 동굴이다.

엄마의 목소리엔 그런 힘이 있었다. 듣고 있으면 외로워져 옆 사람 손을 잡고 싶게 만드는 절박함. 모두가 사라지고 우리만 남았다 할지라도 끝까지 살아 내고 싶어지는 단단함. 어쩌면 엄만 치앙마이에서 노래를 되찾아 온 건지도 모른다. 노래를 잃어서 그토록 힘들었다는 걸 엄마도 그 누구도 몰랐다. 신이 나를 바라봐 주지 않을 때, 그때가 바로 우리가 노래를 해야 할 순간이다.

초대된 손님들은 자유롭게 앞에 나가 하고 싶은 것을 했다. 악기를 연주하기도 했고 컵을 쌓기도 했고 짧은 모놀로그 공연을 하기도 했다. 아빠는 드럼을 연주했는데 엉망진창이었다. 누군가 신발을 벗어 던졌고 누군가 박장대소를 터뜨렸다. 누군가 아빠에게 이십 주년 기념으로 건배사를 하라고 외쳤다. 머리를 벅벅 긁던 아빠는 래퍼처럼 마이크를 헐렁하게 거꾸로 쳐들고 말했다.

"레너드 코헨은 재니스 조플린과 첼시 호텔에서 짧은 하룻밤의 사랑을 나누고 그 아쉬움에 영원히 남을 곡을 썼죠. 잃는다는 것은 무언가를 가져 봤다는 것과 같은 말입니다. 그러니까 잃었다는 건 그렇게 나쁜 것만은 아닌 것 같습니다. 우리도 오늘 여기서 짧게 만나지만 이 순간을 길게 기억하면 좋겠습니다."

공연을 지켜보던 김도영이 나가 키보드를 쳤다. 엄청 느린 속도로 치는 바흐의 〈골든베르크 변주곡〉이었다. 원래 속도의 여섯 배 정도는 느린 것 같았다. 그래도 사람들은 심지어 그에 맞춰 춤을 췄다. 춤을 추게 하는 박자는 내면에 있는 것이다.

"지브리 졸업했네? 웬 바흐야?"

무대를 마친 김도영에게 물었다.

"〈시간을 달리는 소녀〉 OST 쳐 보고 싶어서. 엇, 근데 나 지브리 치는 거 어떻게 알았어?"

말문이 막혔다. 불행인지 다행인지, 경찰이 들이닥친 건 그 무렵이었다.

"신고가 들어와서 출동했습니다. 마리화나를 피우고 미성년자가 있다는 신고입니다."

가게는 아수라장이 되었다. 마리화나가 아니고 히숍이다, 향정신성 허브가 아니다, 얘는 내 딸이다, 얘네는 딸 친구고 술도 안 마셨다, 신고자는 대체 누구냐. 모두의 목소리가 스피커에서 나오는 음악에 섞여 거대한 소음이 되었다. 경찰 눈에 빨간 드레스 입은 이상한 사람까지 껴 있는 무리가 정상 같아 보이지 않았나 보다. 이야기는 길어졌고 나와 김도영, 정지유는 신분증 검사에 이어 음주측정을 받았다. 누군가 음악 소리를 줄이려다 실수로 더 크게 틀어 버려 가게는 음악으로 터져 나갈 것 같았다.

"좋아! 볼륨을 줄이지 마!"

연극배우 아저씨는 흥이 났는지 스피커 앞에서 춤을 췄다. 그걸 보고 깔깔 웃던 사람들이 앞다퉈 나가다 음식 접시들이 있던 테이블을 엎었다. 그래도 멈추지 않고 사람들은 춤을 췄고 가게는 더더욱 혼란스러워졌다. 엄마는 마리화나가 아니란 걸 증명하기 위해 히숍을 다시 피웠고 가게는 뿌옇게 흐려져 갔다.

"탈출하자."

나는 김도영과 정지유를 데리고 가게를 빠져나왔다. 우리의 몸에서 히숍의 탄내가 났다.

20. 나와 내 자신이 있었던 장소

"아무리 좋은 거라도 태우면 어차피 일산화탄소 아니야?"

김도영의 볼멘소리에 모두 공감하며 웃었다. 우리는 근처 공원으로 향했다. 운동기구 몇 개와 작은 놀이터가 있는 곳이었다. 추운 밤이라 아무도 없었다. 벤치에 앉아 주머니에 넣어 온 맥주 두 캔을 꺼냈다. 좀 전의 혼란을 틈타 테이블 위에서 훔친 거였다. 어차피 공짜였으니 훔쳤다는 표현이 아주 정확하진 않다.

김도영과 정지유와 술을 마셔 보고 싶었다. 성인이 된 뒤 합법적으로 마시면 좋겠지만 지유는 다음 주에 떠난다. 지유 엄마의 파견 근무 시작일이 얼마 남지 않아 촉박하다고 했다. 첼시 호텔의 컴백 파티는 사실 우리에게 굿바이 파티였다. 아직 실감이 나진 않았다.

"너네 둘이 커플이니까 하나로 나눠 먹어. 내가 이거 하나 마실게."

둘에게 맥주 한 캔을 건네자 지유가 다시 앞으로 밀며 말했다.

"우리 헤어졌어. 이거 김도영 마시고 락영이 니가 나랑 같이 마시자."

"뭐? 언제?"

"어제."

왜냐고 물어보지 못하고 캔을 따 맥주를 들이켰다. 아빠와 조금 마셔 본 적이 있지만 역시나 드럽게 맛이 없다.

"말레이시아 가면 힘들 것 같아서. 롱디는 싫어."

지유가 장난처럼 말했지만 문장 끝이 쓸쓸했다. 김도영도 말없이 맥주를 마셨다. 이런 어색한 침묵을 견디려고 어른들은 술을 마시나.

"이렇게 쉽게 헤어질 거면 왜 사귄 거야?"

그런 걸 물어볼 생각은 아니었는데 입에서 툭 터져 나왔다. 바깥 공기는 차갑고 몸속은 맥주 때문에 뜨거워져서 피가 평소보다 두 배는 더 빨리 돈다.

"헤어져야 하는데 못 헤어지는 것보다, 헤어져야 할 때 헤어지는 게 훨씬 나아."

지유가 읊조리듯 말했다. 김도영이 화장실에 간다고 일어났다. 자리를 잠깐 피하는 거라는 걸 알 수 있었다.

"너 정말 괜찮아? 이렇게 헤어져도?"

"괜찮아. 다시 친구로 돌아간 것뿐이야. 나 사실 연애가 어렵더라. 분명 좋아하는 노래인데 가사는 하나도 모르겠는, 내내 그런 기분이었어."

"김도영은 뭐래?"

"그러자고 하지. 현실적으로 롱디가 가능한 상황도 아니고. 그것보다 너한테 말 안 한 게 있어."

정지유는 나를 바라봤다.

"나 사실 맨 첨에…… 너 그 스터디카페에 있는 거 알고 찾아간 거야."

"어떻게?"

"반 애한테 들었어."

"왜?"

"너랑 친해지고 싶어서. 네가 아무한테나 웃어 주지 않아서 좋았어. 난 웃을 기분 아니어도 사랑받지 못할까 봐 항상 웃었거든. 내 존재의 이유에 대해 알게 되면서 늘 두려웠어. 내가 어떤 애인지랑 상관없이 미움받을 것 같았어."

미움받을까 봐 자주 웃었다는 지유. 그렇지만 원래 지유는 우는 것보다 웃는 게 훨씬 어울리는데.

"난 네가 웃는 게 좋아. 그치만 그건 네가 잘 웃어서 좋은 거랑은 달라."

"그날 엄마랑 싸우고 용기 내서 거길 간 거, 태어나서 한 일 중 제일 잘한 것 같아."

"그래, 잘 왔어."

"말할 거 하나 더 있어."

"뭘 그리 숙제처럼 다 해치우려고 해?"

"언제 또 이렇게 얼굴 보고 이야기하겠어."

정지유는 손끝으로 벤치에 무수한 도형을 그리고 지우길 반복했다. 새하얀 입김이 지유의 모습을 가렸다 풀었다 했다.

"너한테 미안해. 도영이랑 사귀면 네가 혼자일 걸 알면서도 사귀어 버렸어. 뭔가 잘못된 선택을 한 것 같았는데 우물쭈물하다 돌이킬 수 없었어."

"아니야. 둘이 마음이 통한 건데 왜 나한테 미안해……."

"아니야, 미안해. 너한테도 도영이한테도 못 할 짓을 했어."

지유의 말이 '네가 김도영 좋아했던 거 알아, 미안해.'처럼 들려 뭐라고 대답을 하지 못했다. 그냥 나의 과대망상일 수도 있지만 지유의 눈빛이 다 알고 있는 것 같아서 마주 볼 수 없었다.

"이제 팔은 괜찮아?"

"어, 흉터는 조금 남을 것 같은데, 괜찮아."

"격투기 연습해. 이제 어디 가서 얻어맞지 않게."

분명 월요일에 학교에서 다시 볼 텐데 오늘이 마지막처럼 느껴졌다. 지유를 미워하고 원망했던 날들이 영화 속 장면들처럼 스쳐 지나갔다. 울지 않으려 했는데 눈앞이 뿌옇게 흐려졌다. 지유의 눈물이 온통 내게 옮겨 왔나 보다. 지유는 덜 울고 나는 잘 울게 됐다. 내게 다가왔던 날의 지유가 떠올랐다. 어떤 마음으로 내게 말을 걸었는지, 수학여행 밤 같다고 말했지만 한없이 어두웠을 그날의 지유의 마음을 헤아려 본다. 오늘의 지유는 여느 때보다 단단한 눈빛을 갖고 있다. 거기엔 떠나는 사람의 결연함이 담겨 있었다.

"내가 돌아올 때까지 두 사람 잘 지내고 있어."

"그런 말 벌써 하지 마."

"이렇게 맥주 마시니까 남들보다 더 빨리 어른 된 거 같아."

"맥주 마시면 어른이야? 어른 되기 되게 쉽네."

"나 사실…… 도영이보다 널 더 좋아했어."

"그게 무슨 소리야?"

"너랑 도영이 사귀는 건 죽어도 싫었어. 그런 모든 감정이 다 너무 처음이라 두려웠어."

"나랑 김도영이 왜 사귀는데?"

지유는 정지 화면처럼 한참 동안 가만히 바닥을 바라봤다.

"있잖아, 마음이란 건 주머니 속의 송곳 같아서, 감춘다고 해도 잘 감춰지지 않는 거야……. 뭐 그것도 누군가의 주머니에 관심 있는 사람만 알아차리겠지만."

그렇게 말하는 지유는 자기 감정을 오래 들여다본 사람답게 침착해 보였지만 나는 온통 혼란스러웠다.

"락영이 표정 너무 심각해!"

지유는 나를 탁 치더니 깔깔 웃었다.

어딘가 공허한 지유의 웃음소리에서 여러 겹의 지유를 본다. 내가 여러 겹의 나로 이루어진 것처럼 지유 역시 그렇겠지. 좋아하는 마음, 미워하는 마음, 멀어지고 싶은 마음, 영원히 멈추고 싶은 마음, 사라지고 싶은 마음, 나도 모르겠는 나의 마음. 무수한 마음들이 겹겹이 포개어져 무언가를 드러내고 감추기를 반복하며 서로에게 가닿기를 바란다. 아주 잠깐이지만 스무 겹쯤 아래 숨어 있던 지유의 마음을 지금 이 순간 만난 듯하다.

저쪽에서 김도영이 두 팔을 휘저으며 달려왔다. 어디서부터 뛰어왔는지 헉헉대며 눈이 온다고 말했다. 그 말이 눈을 몰고 왔는지 검은 밤에 나부끼는 흰 재 같은 것들이 눈에 들어오기 시작했다.

"사진 찍자, 사진."

우리는 휴대폰을 셀카 버전으로 하고 플래시를 마구 터뜨리며 사진을 찍었다. 흩날리는 눈은 하나도 안 나오고 셋 다 눈 코

입 없이 쫓기는 달걀귀신처럼 나왔다. 그러거나 말거나 서로가 서로를, 우리가 우리를 사진으로 남기고 눈 내리는 가로등 아래, 널브러진 맥주 캔, 아무도 없는 놀이터, 닥치는 대로 사진을 찍었다. 무얼 기념하고 싶은지도 모르면서. 휴대폰 카메라가 후진 건지 우리 손이 후진 건지 멀쩡한 사진은 하나도 건질 수 없었지만 지유 말마따나 '느낌 있다.' 그랬으니 됐다.

자리를 정리하고 진눈깨비가 내리는 길을 걸었다. 두터운 구름 때문에 오히려 바람이 차갑지 않았다. 지유가 먼저 집으로 가는 마을버스를 타고 떠났고 김도영과 나는 조금 더 함께 걸었다.

"정지유 뒤도 안 돌아보고 가네."

쓸쓸해지지 않으려 해도 마음 한가운데 구멍이 뻥 뚫린 듯했다. 거대한 도넛이 된 것처럼.

"자기가 찬 사람이니까 빨리 멀어져야지."

"뭐?"

"들었잖아. 나 차인 거."

"아 맞다. 너 괜찮아?"

"아니? 3박 4일 울었는데?"

농담인지 진담인지 알 수 없는 소리를 하며 김도영은 내 눈을 피해 지나가는 차들을 바라봤다. 평소보다 기운이 없어 보이는 게 아무래도 완전히 괜찮진 않은가 보다.

"그래도 이렇게 친구로 남아서 다행인……."

"어? 뭐야, 잠깐."

김도영이 갑자기 차도로 뛰어 들어갔다. 빨간불에 정지해 있던 차들 사이로 바닥을 두리번거리며 점점 도로 안쪽으로 향했다.

"김도영, 왜 그래?"

김도영은 대답 없이 차바퀴 사이만 살폈다. 신호가 바뀌려고 하고 있었다.

"뭐 해? 얼른 나와."

신호가 바뀜과 동시에 김도영이 뭔가를 안아 들고 차를 향해 양해의 손짓을 한 뒤 인도로 올라왔다. 작은 고양이였다.

"이 녀석이 갑자기 도로로 뛰어들었어."

흰 털에 노란 얼룩이 있는 고양이는 방금 자기에게 어떤 일이 일어났는지도 모른 채 김도영의 패딩 속에서 야옹야옹거리고 있었다.

"고양이한테 목숨 걸었어? 위험하잖아."

"몸이 그냥 움직여 버렸어."

김도영은 그런 애였다. 어쩌면 지유가 나보다 더 김도영을 잘 보고 있었는지 모른다. 김도영이 어부일지도 모른다고 잠시나마 생각했었다. 어부가 아니란 알리바이를 완전히 증명할 수 없었으니 당시로선 이성적 판단이었다. 하지만 그때의 난 본질을 보지 못하고 사람을 믿는 법도 알지 못했던 것 아닐까. CCTV를 들여다보는 일보다 더 중요했던 건 눈을 마주 보고 이야기를 잘 듣는 일이었다.

갈림길이 나왔다. 차가운 눈에 눈과 귀가 빨갛게 된 김도영이 손을 내밀며 악수를 청했다.

"뭐야?"

"트친끼리 인사. 앞으로도 잘 부탁해."

이윽고 내 귀와 얼굴이 온통 새빨개져 버렸다.

"어떻게 알았어?"

"긴가민가했는데 지금 보니 알겠네."

"아 뭐야……."

황당하고 민망한 마음에 김도영의 얼굴을 보지 못하고 대충 그 애의 손을 툭 쳐 버리려는데 김도영이 내 손을 꼭 잡았다.

"그때 심락영 있는 곳을 알려 줘서 고마웠어."

김도영은 아까처럼 팔을 머리 위로 휘저으며 인사하더니 다른 길로 사라졌다. 옷 속에 작은 고양이를 품고. 그 애가 사라진 자리에 아까보다 조금 더 커진 눈송이가 꽃잎처럼 흩날렸다. 겨울의 시작인데 봄의 한 장면처럼 오래도록 남을 뒷모습이었다. 내가 처음으로 좋아했던 사람의 뒷모습이었다. 그리고 이 마음은, 이제 누구에게도 속하지 않은 나만의 것이다.

술에 취한 사람들이 휘청이며 걸어 다니는 어지러운 거리를
똑바로 걷는다. 바람과 눈과 색색의 네온사인을 뚫고 걷는 길
끝에 첼시 호텔이 있다. 좁고 길고 가파르고 휘어진 세상의 모
든 길 끝에 그곳이 있다. 그러니 어떤 길을 걷더라도 괜찮다. 결
국엔 첼시 호텔에 무사히 도착할 것이다. 따뜻한 노란 불빛 사
이로 느슨히 연결된 사람들의 검은 그림자가 보인다. 1960년대
맨해튼 첼시 호텔에서 중요한 건 숙박객들이 유명한 예술가였다
는 사실이 아니다. 중요한 건 그들이 함께 있었다는 것이다. 그
것이 첼시 호텔의 정체성이 되었고 전설이 되었다.

나는 첼시 호텔의 문을 연다.

신의 손길처럼 음악이 머리 위로 내려앉는다.

 옛날옛날 활을 아주 잘 쏘는 전설적 석궁이 있었다. 어느 날 그와 정치적으로 대립하는 권력자가 꼬투리를 잡아 그에게 아들의 머리에 얹은 사과를 과녁으로 쏘게 했다. 첫 번째 활은 완전히 빗나가서 실패, 두 번째 활은 머리 위로 넘어가서 실패, 세 번째 활은 아들의 뺨을 스쳐 지나가 피를 보고 실패. 관중의 기대는 모두 실망으로 바뀌고 그중 한 사람이 그에게 물었다.

 "Who are you?"

 "I am sorry."

 무척 썰렁한 동음이의어 농담인데 가끔 떠오른다. 뭔가를 간절히 원해서 망쳐 버렸을 때, 꼭 맞혀야 했기에 더욱 빗나가 버

린 화살에 대해 생각하게 된다. 그리고 남은 말은 '쏘리'뿐. 지유
의 마음이 그런 게 아니었을까.

　이름 붙이기 힘든 관계와 감정 속에서 서로 상처를 주기도 받
기도 했던 시간이 있었다. 10대, 20대 시절 감정은 내 의지를 벗
어나 날뛰었고 뭔가 일일이 이름 붙일 수 없어 곤란했다. 그때 그
감정들을 자세히 들여다보고 좀 더 솔직하고 용감하게 말할 수
있었다면 상황이 그렇게 나빠지진 않았을 텐데.
　하지만 지금에 와 생각해 보니 망쳤다 여겼던 그 모든 시간 또
한 축복이었다. 나는 어쨌거나 뭔가를 가득 넘치도록 가져 봤던
것이다. 언제나 감정 과잉 상태였던 어릴 적의 나는 지금 느끼
는 것의 반만 느끼며 살고 싶다 생각했다. 그 바람이 이루어져
지금은 그때 감정의 반의반도 못 느끼고 산다. 망칠 감정도 관계

도 별로 남아 있지 않다. 둔감과 무감 어디쯤으로 향하는 게 성숙의 다른 이름인 걸까.(아님) 하지만 왜 별로 기쁘지 않은지 모르겠다.

혼란스럽던 시절 나를 숨겨 준 장소들에 감사한다. '나'와 '내 자신'이 함께했던 곳들. 누군가에게는 운동장 한구석이, 누군가의 옆자리가, 창이 커다란 카페가, 도서관이 될 수도 있겠지만 나의 경우엔 공교롭게도 주로 맥주와 음악이 있는 공간이었다. 그래서 청소년소설의 배경으로 그닥 적합해 보이지 않는 LP바 이야기를 써 버렸다. 그럼에도 이 이야기를 환영해 주신, 세심하게 매만져 주신 문학동네 출판부에 깊은 감사의 마음을 전한다.

모두 자기만의 '첼시 호텔'을 찾을 수 있기 바란다.

2025년 3월, 다시 봄을 기다리며
조우리